少年一推理事件簿 4

是誰在說話？下

作者／翁裕庭　繪者／步烏&米巡

「我無法回答，這是你自己要去面對的問題。」

目錄

主要人物介紹

黃宗一・新來的怪咖轉學生。白上衣、黑長褲，中分髮、身上帶了一只公事包，是個事事講求精確的對稱控。行事風格獨特，興趣是研究科學，認為真相需要科學證據。綽號「科學怪探」。

隋雲・安靜、領悟力高，因為身體障礙，經常睜著一雙明眸，在一旁冷眼旁觀，但每到關鍵時刻，卻能提出令人無法否認的觀點。是黃宗一在知性上的勁敵。

劉孟華・六年一班班長，在玉茹老師慶生會那天失蹤，只留下一本日記。據信是被青鳥帶走。

錢若娟・班上最值得信任的老大。做人海派隨和，跟任何人都可以稱兄道弟。

張旋・錢若娟的青梅竹馬，有「吉他王子」的稱號。

趙凱昱・因為家庭問題而休學。曾因追蹤爸爸而男扮女裝，並在百貨公司男廁裡昏倒。

湯子怡・美女數學小老師，但患有臉盲症，而且是路痴。與方逸豐是班對。

余唯心・夜市最夯香雞排大叔的掌上明珠，打扮像個千金小姐，喜歡鄭少傑。

游瑞文・班上邊緣人物，具有模仿動物叫聲的特殊才藝。

馬玉珍・講話刻薄、身材像竹竿，是班上最高的女生。

第七話 夢想與現實的家

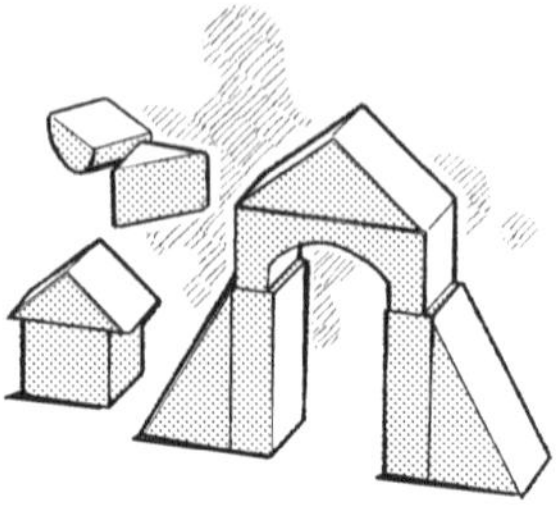

要構成一個平面，至少需要三條線。一張桌子要站穩，至少要有三支桌腳。俗話說「三人行，必有我師」……顯然「三」是個非常重要的數字。

像我家有三名成員，剛好足以構成一個三角形。爸爸是左上方的斜線，媽媽是右上方的斜線，而我是把他們連起來的那條橫線，在爸媽的庇蔭下長大……但實際狀況……卻令人失望。

爸爸時常往外跑，就算在家也是跟媽媽吵架，兩人動不動就大打出手，我夾在中間不知如何是好。媽媽常以淚洗面，原本整理得很乾淨的家，如今像被颱風掃過一樣亂七八糟。而我被困在家裡動彈不得，有一年多沒去上學，老師和同學大概都忘記我趙凱昱這個人的存在了吧！

這個家在我看來，已經完蛋了。

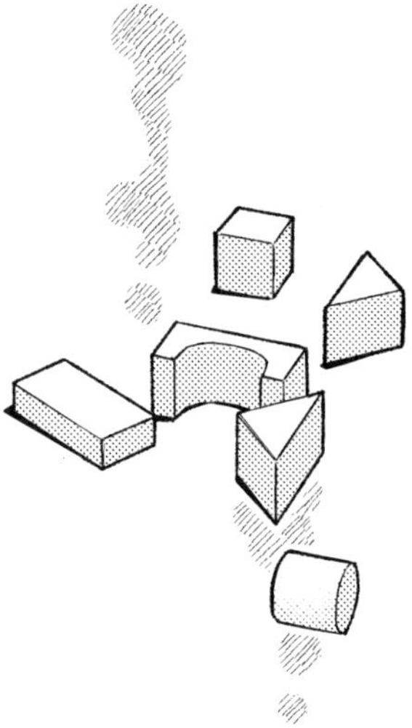

叮咚！

門鈴聲響起，我離開房間經過客廳，在媽媽的瞪視下走向正門。

我湊近門上的貓眼一看，是卓伯康。

「是班上同學。」我回頭對媽媽說。

「你別想給我出去玩。」

「我沒有，他只是送講義給我。」

在媽媽點頭默許下，我把門打開。

「阿姨好。」卓伯康一進門就打招呼，可是媽媽面無表情也不吭聲。卓伯康遞了一疊紙給我。

「這是這週的上課講義。」

「謝謝你。」我伸手收下來。

「如果沒別的事……」

「有劉孟華的消息嗎？」我趕緊問。

「還沒，但我們私下有在調查。」

「你們在調查？」我睜大眼睛問：「是玉茹老師帶頭的嗎？」

「帶頭的是錢老大，不過靈魂人物是黃宗一。」

「黃宗一？你是說那個轉學生？」

卓伯康眼睛為之一亮。

「對啊！黃宗一真的很厲害，不但有科學頭腦，而且是個料事如神的偵探，我太佩服他了。」

「可惜我不認識他，他也不曉得我是誰。」我語氣黯然。

「他知道你是誰，」卓伯康口氣亢奮的說：「上次你在百貨公司廁所昏倒，那個案子就是他偵破的。他還說因為你長期缺席，害我們班教室的座位有個空洞，永遠無法形成對稱。」

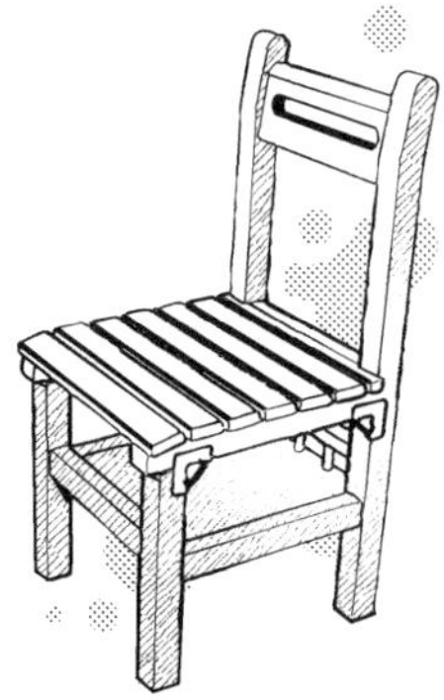

我不禁搖頭。還沒見過面，我卻在對方心中留下這麼差的印象，真糗。

「有機會一定介紹你們……認識，」他愈說愈小聲，大概是在提防我媽：「沒事的話……」

「等等，」我又搶著說：「我去拿之前的上課講義，請你幫我還給大家。」

卓伯康抱著一大疊講義離開，坐在客廳的媽媽直盯著我看。

「你們在講什麼悄悄話？是不是有事瞞著我？」

「我只是問他，找到劉孟華了沒。」

「劉孟華是誰？」

「我們班長啊，以前都是他來送講義，後來突然下落不明……」

「你們男人就喜歡搞失蹤，不管大人還是小孩都一樣！」媽媽忿忿不平的說。

「情況不一樣啦，」我趕緊解釋：「他可能是被壞人綁架。」

她聽了一時無語。

「我沒注意到換人送講義。」

唉，你當然沒注意，老是喝得醉醺醺，你眼中大概只看得見我和爸爸。

「沒事的話，我就進房間看講義了。」

沒走幾步，媽媽突然叫住我。

「凱昱，對不起。」她柔聲說道：「同學來家裡，我沒有好好招呼，也沒拿糖果點心出來招待……」

「沒關係，他只是順路來送講義，本來就沒打算久留。」

「我知道你很想出去玩，」她語重心長的看著我：「可是你要知道，媽媽很需要你，媽媽不能再失去你了。」

我靜靜的點頭。媽媽從沙發上起身，往我這邊走過來。

「我的乖兒子，給我抱一下。」

媽媽伸出雙手，我迎向前投入她懷裡。她抱得好緊，我差點喘不過氣。媽媽偶爾會恢復正常，雖然不常發生，但只有在這種時候，她才會變回我最親愛的媽咪。

・　・　●　・　・

缺課一年多，我還能跟上學校的上課進度，都要感謝玉茹老師的幫忙。她請班上幾個同學將上課內容編成講義，再請班長送來給我讀。所以每逢週五下午，我都很期待劉孟華來訪，他就像是我和班上的唯一聯繫。如今他失蹤了，我心裡感到相當失落。那個黃宗一真有那麼厲害？有辦法把班長找回來？

今天拿到的是隋雲編寫的講義。我跟她不熟，印象中沒跟她講

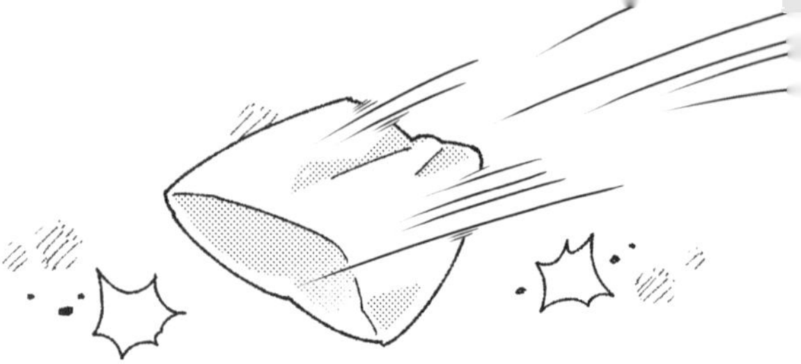

過話。隋雲話很少，但眼神很堅定，整個人流露出一股神祕的氣質。她的講義寫得一目了然，字跡工整、條列分明。

我讀得正專注，突然聽到門外有叫罵聲。

「你回來幹嘛？不是不要這個家了？」

「有你這種瘋婆子在，誰要回家？」

「給我滾出去！這個家不歡迎你！」

「這房子是我花錢買的，我想回來就回來，你管不著！」

「你敢拿走這屋子裡的任何一樣東西，我就跟你拚了！」

糟糕，爸爸回來了，被媽媽逮個正著，兩人似乎又快打起來了。我衝到客廳，快步擋在他們中間，立刻被掃把和抱枕夾擊。

「不要再打了！」我叫道。

「你是怎麼教小孩的，怎麼會讓你兒子穿女裝，搞得他不男不女，成何體統！」

「跟不三不四的女人搞在一起，你自己才成何體統！」又來了，同樣的戲碼一再上演，最後的結局依然是爸爸奪門而出。

「你快去跟蹤他！」媽媽對我下達指令：「看他是不是又去找那個狐狸精！」

我不想去又不敢說不，真是進退兩難。

「可是我正在讀書……」

「還不趕快追上去！不用換女裝了，反正瞞不過你爸！」

想出門時不讓我出門，不想出門卻偏偏要我出門，真是的！

我拿了一樣東西放入口袋，隨即開門出去，但爸爸不見了，電梯顯示下樓中。幸虧我家在三樓，我三步併兩步跳下樓梯間，很快的衝到一樓，剛好看見爸爸走出大門往左轉，我立刻跟上。

我跟蹤的技術雖稱不上專業，卻也累積了不少經驗。這一年來，跟蹤爸爸不下幾十次，儘管被識破好幾回，但也逐漸掌握訣竅。我認

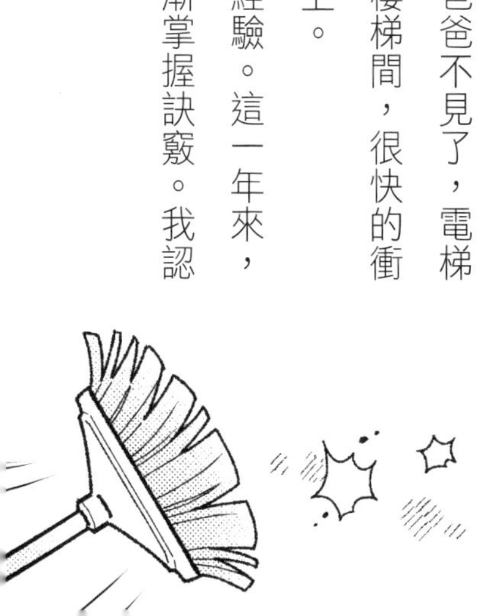

為與目標最恰當的距離是二十至五十公尺之間，可監視目標，也可避免暴露行跡；還要善用沿途的障礙物藏身，像是轉角、樹木、前方的行人以及商場的貨架；不過玻璃櫥窗就得小心了，要避免玻璃反射影像而被發現。道路如果狹小不夠寬敞，可以改走對向的人行道跟監。目標若突然轉身逆向而行，千萬不能跟著回頭走，寧可跟丟也要避免暴露行蹤。

我跟著爸爸走了十分鐘後，他突然在路口右轉。我拿出口袋裡的小鏡子放在轉角偷窺，看見他走進一家商店。我小心翼翼的從對街望過去，那是一間很像糖果屋的店，暗黑色屋簷彷彿是巧克力做的，金黃色大門猶如一片蘇打餅乾，櫥窗周圍布置的花草宛若果凍，光看就令人垂涎欲滴。

可是，我爸並不喜歡吃甜食啊！難道他良心發現，想買給我吃？不可能！我搖頭驅趕這不切實際的妄想。那他究竟來這裡做什麼？

等了快二十分鐘，爸爸始終沒有現身，我貼在糖果屋的櫥窗上窺視，還是沒看到人影，只好冒險走進去。店裡的零食種類好多，有五顏六色的果凍、軟糖以及各種造型巧克力。裡面有六個客人，但都是國高中的大哥哥、大姊姊，沒看到我爸。他去哪了？又是怎麼離開這家店的？

· • ● • ·

回到家，一進家門，一股濃郁的酒味嗆得我伸手掩鼻，媽媽已經醉倒在沙發上了。我打開冰箱倒了一杯牛奶，拿了幾片餅乾，這就是我的晚餐。

回到房間後，我既讀不下書，也沒胃口吃東西。就算爸爸買糖果屋的零食給我吃，我也沒興趣，我只希望一家人能同桌共享晚餐，就像……巷尾的那戶人家。我打開窗戶，拿望遠鏡朝窗外看，那戶人家也是住著爸媽和一個兒子，總是一起坐在兼當飯廳的小廚房窗邊吃晚餐，感覺和樂融融，正是我最嚮往的景象。不過現在那扇窗戶是關著的……對了，昨天和前天的晚餐時間也都關著，但稍晚時，那個媽媽會打開窗戶，拿掃把認真打掃廚房。

不知為何，我突然覺得不對勁，心裡慌了起來。我翻出通訊錄，撥了卓伯康的電話，鈴聲響了五聲才有人接起電話。

「怎麼了？講義有問題？」卓伯康問。

「快告訴我黃宗一的電話。」

「你找他幹嘛？他不會教你功課的。」

「我不是要問他功課，」我口氣焦慮：「而是有很重要的事情要問他。」

卓伯康遲疑了一下才念出號碼。我連再見都沒說就急著掛電話，

並且立刻撥了黃宗一的號碼。電話只響一聲就有人接聽了。

「找誰？」

「請找黃宗一。」

「我就是，」聲音停了一秒‥「請問你哪位？」

「我叫做趙凱昱，你可能不曉得我是誰……」

「我知道你是誰。找我什麼事？」

我把自己的擔憂講給他聽，雖然我也不明白自己在擔憂什麼。

「以前你遙望時，他們家都是開窗用晚餐，但昨晚和前天晚上卻關上窗戶，稍晚那個媽媽才開窗掃地，連著兩天都這樣？」黃宗一再次確認。

我回答沒錯。

「現在窗戶又關起來了？」

「對。」

「他們一家是三口？」

「對。」

「你到他們家要多久？」

「騎自行車要三分鐘。」

「你用最快的速度趕過去，然後打開窗戶，打不開就打破它。」

「啊？」我愣住：「幹嘛打破窗戶？」

「爬進去掃地。」

我一頭霧水，不知做何反應。

「快去！」

我的身體像被解開魔咒似的動了起來。我跑出房間，正要開門外出時，媽媽的聲音從我後方傳來。

「你敢走出去，我就……」她拿起桌上的酒瓶，鏘一聲把它敲裂成兩半：「我就用這個碎瓶子割腕！」

「媽，你別這樣！」我嚇到了：「我有很重要的事情要去辦。」

「有什麼事會比你媽還重要！」

我心裡冒出一股反感。

「這件事非我不可，我很快就回來！」

我轉身正要跨出門外。

「你只要走出去，就會後悔一輩子！」

我猶豫片刻，還是心一橫走了出去。我跨上自行車，飛也似的往巷尾騎去，卻不知為何這麼拚命。

到了我心中的夢想之家，按了電鈴卻無人回應。我用車鎖敲破廚房的玻璃窗，隨即聞到一股臭味。我又伸手探入窗內開鎖，接著爬窗

進去，這才發現那個媽媽躺在地上昏迷不醒。

我將所有看得見的門窗統統打開，拿起掃把用力掃了起來。過沒多久，救護車的嗚笛聲逼近，有人拿擔架把地上的那個媽媽抬了出去。儘管如此，我依然抓著掃把一直掃、一直掃⋯⋯

「夠了，不用掃了。」

我朝著聲音的來源回頭看，門口站著兩個人，一個是我見過的邱警官，另一個是身穿白襯衫、黑長褲的男生，個子跟我差不多高，臉上沒有表情，應該就是黃宗一。

「你怎麼猜到的？」我放下掃把，走上前問。

「我不是猜的，是推理。」黃宗一說：「廚房關窗，會出事多半是因為瓦斯燃燒不完全造成一氧化碳中毒。連續三個晚上關窗，那就是用三個晚上毒死三個人，可能是先除掉丈夫，後來毒死孩子，最後自盡。」

「為什麼要掃地？」

「廚房瓦斯桶裡裝的是液化石油氣，主要成分是丙烷和丁烷，濃度過高容易起火爆炸。這兩種物質都比空氣重，所以瓦斯外洩時會往地板沉降，這時拿掃把在地面上揮舞，可以加速瓦斯排出室外。」

原來如此，難怪那個媽媽開窗之後會拿掃把掃地。可是……

「她為什麼要毒死一家人？他們不是過著幸福美滿的生活？」

「她有留下遺書，」邱警官接腔：「寫著丈夫長期家暴妻小，她受不了，憤而毒殺丈夫，隔天卻覺得孩子沒有爸爸很可憐，於是又毒

害小孩。到了第三天，她察覺自己從此孤苦無依，索性選擇自盡。」

什麼？家暴？我以為……現實竟然和想像完全不同，我還傻傻的羨慕人家……糟了！我趕緊跨上自行車，猛踩踏板。

媽，你千萬別做傻事！

我狂飆到自家大樓前，自行車一丟就跑進大廳，電梯也不等了，直接衝上樓。我冷汗直流、心亂如麻的衝進家門，看見媽媽兩眼無神的癱坐在地上。神啊，拜託別讓她出事。我湊近一瞧，裂成兩半的酒瓶倒在旁邊，她兩隻手腕都沒受傷。

「媽，還好你沒事。」我抱緊她說。

媽媽的雙眼像甦醒過來似的有了神采，兩行清淚滑下臉頰。

「媽，就算以後只有我們兩個，我也會永遠守護你！」

她用力回抱我。在這一刻，我真心覺得自己是幸福的孩子。這時門鈴響了，媽媽示意我去開門。打開門一看，居然是坐輪椅的隋雲。

她遞出一張紙給我。

「這是什麼？」我接過來看。喔，是之前劉孟華寫的講義。

「這張紙混在你之前還給我的講義中。」她說。大概是我不小心將劉孟華的講義夾進隋雲的文件中。但我還是不懂她來幹嘛……

「背面有字。」她又說。

我翻過來一看，上面寫著：「幸福糖果屋很有問題，記得要報告老師。」

「喔，我有看到這一行字。」

「那你怎麼沒跟老師報告？」她以嚴厲的口氣說：「你不知道班

長遭到誘拐嗎？這很可能是條線索！」

啊，我這個阿呆，居然這麼遲鈍，沒想到要跟老師或警方通報。這間幸福糖果屋的確很有問題，我爸也從那裡消失無蹤！

現在才發現這條線索會不會太晚？但班上有黃宗一，我已經見識到他超強的推理能力。有他在，一定可以找到劉孟華。

只能將希望寄託在他身上了！

瓦斯會臭，是因為裡面加入一種叫做「乙硫醇」的物質，據說曾獲選金氏世界紀錄中最臭的物質。空氣中只要含有幾十、甚至幾百億分之一的乙硫醇，就足以察覺，也因此添加在瓦斯中用來警示外洩，但並不足以造成毒害。

既然如此，造成危險的到底是什麼？

瓦斯燃燒會生成二氧化碳，但如果氧氣不足，燃燒不完全，生成的就會是一氧化碳，而一氧化碳是有毒氣體！它無色無味，難以察覺，吸入人體後會和血紅素結合，使血紅素無法攜帶氧氣，造成人體缺氧，最後窒息而死。

但瓦斯雖然沒有毒性，卻是易燃氣體，若是濃度累積過高，只要一丁點火花，就會燃燒引爆。不可不慎！

科學眼 瓦斯沒有毒，但燃燒不完全或大量外洩時，容易造成一氧化碳中毒或瓦斯爆炸。

破案之鑰

瓦斯為什麼那麼臭？是不是有毒？

瓦斯是「氣體燃料」的俗稱，除了一般常見的桶裝瓦斯，還包括天然氣，不過兩者成分不一樣。桶裝瓦斯是丙烷和丁烷，比空氣重；天然氣主要是甲烷，比空氣輕。

丙烷和丁烷是石油製程的產品之一，也叫石油氣，經由高壓變成液體後，裝入桶中運送。目前常見的瓦斯桶大多是鋼瓶，但也有業者引入歐美的高科技材料瓦斯桶，具有半透明的材質，可看到瓶內裝的其實是液體。所以桶裝瓦斯也叫「液化石油氣」。

家裡煮飯或使用熱水器時，多多少少都會聞到臭臭的瓦斯味，讓人難免擔心是否吸到有毒氣體。不過事實上，丙烷和丁烷都是無色無味的氣體，也沒有毒性！

好臭的瓦斯，我快被毒死了！
瓦斯沒有毒、沒有毒、沒有毒！

第八話 臉盲症的天職

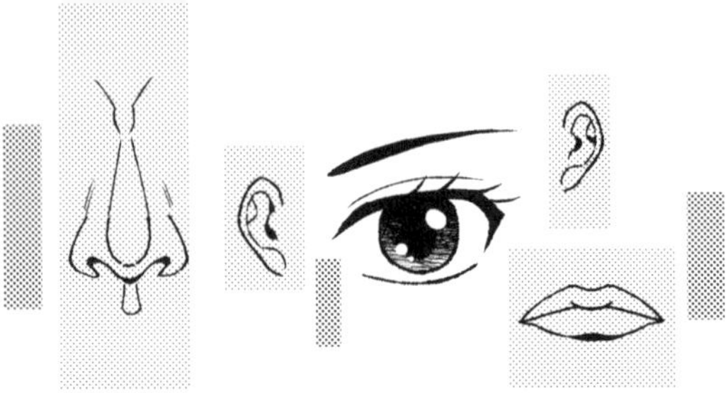

據說動物照鏡子時，能認出自己的少之又少，而人類正是其中之一。但我卻是例外。

大家說我是美女。在鏡中，我看見兩隻眼睛中間有個鼻子，更下面有張嘴巴，臉的左右兩側各有一隻耳朵，這樣就是美女嗎？我看別人臉上的五官也是如此，跟我沒什麼差別。對，我知道這很不正常，每個人的長相哪可能都一樣？所以黃宗一說我是「臉盲症」，醫學上稱為「面孔失認症」，簡單說就是我不會認人，也認不得自己。

我會抓錯人叫爸媽，所以小時候最怕走丟，一旦出門，總是抓著爸媽的手不放。開始上學後，我很怕叫錯同學的名字，索性低頭不跟別人打招呼，結果大家批評我目中無人。

這種情況直到四年級才改善，多虧方逸豐察覺到我的不安，私下告訴我每個人的穿著打扮，我才能透過服裝的差別來認人。藉由他的協助和鼓勵，我終於可以掛著微笑、抬頭挺胸的面對大家。

但我內心還是忐忑不安，因為不會認人，就無法判讀別人的情緒，這樣的我能好好建立人際關係嗎？人家說「天生我才必有用」，那麼我的天職在哪裡？這世上會有適合我的工作嗎？

我總不能永遠依賴方逸豐。

・・・・・

七點零二分，我走進校門，繞到側門旁的水池，同學大多已經到了，有人蹲在地上，有人坐在池邊，感覺得到氣氛很低迷。之所以提早到校，是因為我們要趁玉茹老師不在時先開會。

我找了空位坐下，身旁隨即有動靜。我先聞到一股檀香，接著有人輕輕握住我的手——那是方逸豐，我認得他的味道，而且五指交握是我們講好的暗號。他一邊告訴我服裝情報，一邊喝著優酪乳。

「不要喝了，」我拿走他的優酪乳，轉而遞上裝有溫開水的保溫瓶：「別讓拉肚子變得更嚴重。」

「你知道我拉肚子？」方逸豐問。

「那是因為……」我話沒說完，突然意識到黃宗一正盯著我看。即使沒有方逸豐打Pass，我也認得出黃宗一，他永遠是一身白襯衫和黑長褲。

「行動失敗了，」邱政率先開炮：「接下來怎麼辦？」

昨天下課後，錢老大找了邱政、何文彬和蕭莉玲，四人一同去探查幸福糖果屋，可是進去不到十分鐘就鎩羽而歸。

「怎麼會找何文彬和蕭莉玲？」邱政再度發難：「這兩個人只會扯後腿。」

「我覺得他們倆夠機靈，應該懂得見機行事。」錢老大回答。

但何文彬很快就被店員盯上，甚至要求檢查他的隨身包，最後從

他的口袋摸出一包仙楂餅，幸好糖果屋老闆不打算追究。蕭莉玲則是吃了好幾種軟糖，結果被店員指著「不可試吃」的警告標語斥責：「你是哪個字不認得？」

「你又多厲害？」何文彬回嗆邱政：「還不是很快被趕出去！」

據說邱政一進門就東張西望，還在走道上來回巡視，引起店員側目：「同學，你在找什麼？」

「呃……」邱政當下支吾了半天，最後說：「我在找廁所。」

下場也是被轟出去。

「找廁所？」何文彬嗤之以鼻：「是哪個天才想的藉口？」

「不然咧？總不能說我在找線索吧？」

「所以現在怎麼辦？」

「不跟玉茹老師報告嗎？」章均亞問。

「老師一定會阻止我們私下調查，」錢老大說：「你希望這樣嗎？就只能等著，什麼事都不做？」

章均亞沒吭聲。

我皺了皺鼻子，抬頭望天空——不是藍天白雲，但也不是烏雲密布，我小聲跟方逸豐說：「好像會下雨。」話才剛說完，黃宗一再度轉頭看我。他怎麼了？我無法解讀他的表情。

「黃宗一，你有什麼看法？」錢老大問。

「以結果論來看，昨天的行動敗在人選錯誤，」黃宗一說：「一個鬼鬼祟祟像小偷……」

「什麼小偷？是神偷！」何文彬大聲反駁：「我在確認店裡有沒有監視器！」

「一個東張西望像獵狗……」

「不是狗！是神探！」邱政叫道。

「一個圖謀小利像貪吃鬼……」

「什麼貪吃鬼？我是測試東西吃了會不會感到幸福！」蕭莉玲說得理直氣壯。

「還有一個和糖果屋格格不入。」

「看著滿屋的糖果餅乾，的確讓我渾身覺得不對勁。」錢老大很乾脆的承認。

「第二次行動要換人。」

「換誰？」鄭少傑問。

黃宗一食指一比，居然指向我。

「湯子怡？這怎麼行？」邱政跳起來說：「她連認人都有問題，根本不適合當密探！」

「你是認真的嗎？」錢老大問。

黃宗一點點頭，目不轉睛的看著我。

「我一起出任務！」方逸豐自告奮勇。

黃宗一搖頭。

「我陪她去！」王元霸挺身而出。

黃宗一還是搖頭，伸手指向某人。

「我嗎？」張旋指著自己問。我猜他應該是一臉錯愕。

「就你們兩個進去，」黃宗一說：「其他人在外面待命。」

大家開始議論紛紛，氣得跺腳的邱政轉身離開。我聽見有人說：「黃宗一頭腦秀逗了吧？一個臉盲症，一個只會彈吉他，派這兩個人去幹嘛？」

方逸豐緊握我的手，余唯心也過來安

慰我：「別擔心，大家會保護你，絕不會讓你失蹤的。」

為什麼是我？黃宗一到底在打什麼主意？我完全沒有頭緒，即便第一堂課上到了一半，窗外下起雨來，我的腦袋依然糾結在一塊。

我是不是講錯話得罪了黃宗一？他該不會是在整我吧？

．．．．．

站在幸福糖果屋門口，我心裡湧起一股厭惡的感覺。店面的外觀雖可愛，但玻璃櫥窗是暗色的，總覺得哪裡怪怪的，真不想走進去。

我幹嘛參與這次的行動？只要堅定拒絕就好了，可是我也想知道劉孟華的下落，如果他的失蹤跟這家店有關，那我應該要伸出援手才對。坐在劉孟華前面的座位有一個學期了，我熟悉他身上的洗碗精味道，也很清楚他是個內向靦腆的暖男。

身旁的張旋戴著耳機，看似用手機聽音樂的模樣——其實這是障眼法。表面上張旋像戴耳機，實際上戴的是黃宗一改裝過的竊聽器，可以在方圓十公尺內進行竊聽。

我回頭望向對街，右側的一棵樹後面有人探頭出來，我知道那是方逸豐；左側樹木後面則躲著王元霸。他們倆負責以手機拍攝錄影。

我深吸一口氣，推開店門走進去，一股濃郁的甜味撲鼻而來，夾雜了草莓、葡萄和西瓜之類的水果味。店面不大，約莫比我們教室小一些，包括我們在內共有五個客人，另有兩名店員。

我和張旋沿著通道前進，眼前是靠牆且正對玻璃櫥窗的收銀臺。室內的走道呈橫躺的日字形，走道兩側是有蓋子的透明玻璃櫃，擺放各式各樣的糖果，也販賣沖泡飲品。糖果包裝紙的用色相當鮮豔，巧克力和咖啡包的設計還帶有動漫風。

我的肩膀突然被拍了一下。回頭一看，是個高我一大截的男生。

「妹妹，喜歡什麼樣的零嘴？我可以為你介紹喔。」

我還在遲疑該怎麼回答，人已經被他拉到一整排小熊軟糖的玻璃櫃前面。

「這是我們的熱賣商品，口味有很多種，Q版的小熊表情可愛到讓你捨不得咬下去。」

是有多可愛我分辨不出來，但這裡的小熊軟糖比較大隻是真的。

「你們的包裝好特別喔，跟平常看到的設計很不一樣。」

「那當然，」他得意的說：「我們不是將現有的品牌批進來賣，而是自己研發獨特的休閒食品，口味、包裝當然都很不一樣。」

我看了標示的價格。

「也不會很貴。」

「如果要花很多錢才買得到幸福，本店就沒有資格稱為幸福糖果屋了。」

我默默點頭，瞄到有一名孕婦進來。我繼續邊走邊張望，哇，這裡的跳跳糖居然還有辣椒口味，含在嘴裡豈不是辣到爆？有兩個穿高中制服的女生，卻抓了一大把辣椒跳跳糖放入購物籃。

「要不要試吃？」熱心的店員慫恿我。

「不是不能試吃？」我指著警告標語。

他的嘴角一撇，應該是在微笑吧。

「你很特別，所以給你特別通融。」

我環顧周遭，奇怪了，那名孕婦何時不見了？張旋站在另一側的走道，貌似在研究商品。

「你們還有其他展示櫃嗎？」

「沒了，就你看到的這些。」

「那邊呢？」我問，指著收銀臺旁邊的通道。

「喔，那裡是盥洗室。」

就在此時，那名孕婦正巧步出通道，邊走邊捧著大肚子。

「還是我泡杯咖啡給你喝？」

「小學生不能喝咖啡吧？」

「你太正了，還以為你是高中生咧。」

他是在撩妹嗎？我四處張望，總覺得收銀臺後面還有空間。忽然眼角瞄到有個男生揹著藍色背包走出通道，並從我身邊經過。咦，這個味道好像是……

「你們的盥洗室有幾間？」我問店員。

「就一間啊。」

只有一間？男女共用？

「我可以借用嗎？」

「不方便欸。」

喀隆！後方傳來碰撞聲。我轉頭一看，原來背包男撞倒了張旋，而且自顧自的開門走出去。另一名店員過來扶起張旋，並幫忙撿起掉在地上的耳機。

「你的耳機怎麼沒音樂？」

「呃……那是因為……」

糟糕，張旋身上有驚慌的氣味，他大概以為自己穿幫了。

「你的耳機摔壞了，」我趕緊過去解圍：「可惡，都是那個人害的，我們去叫他賠！」

我拉著張旋衝出去，穿越馬路到對街，方逸豐和王元霸立刻靠過來。

「揹藍色背包的男生走哪邊？」我問。

「從我眼前走過去了，」王元霸說。

「孕婦呢？」

「走我那邊。」方逸豐回答。

兩人走反方向？

「你和張旋去跟蹤孕婦，」我說：「王元霸和我去追背包男。」

「你要去追背包男？」王元霸的語氣似乎很意外。

「快點，不然就追不上了。」

我拔腿就跑，王元霸過了十秒才追上來。可別小看我，本小姐很會跑的。我一定要弄清楚他們在搞什麼鬼。

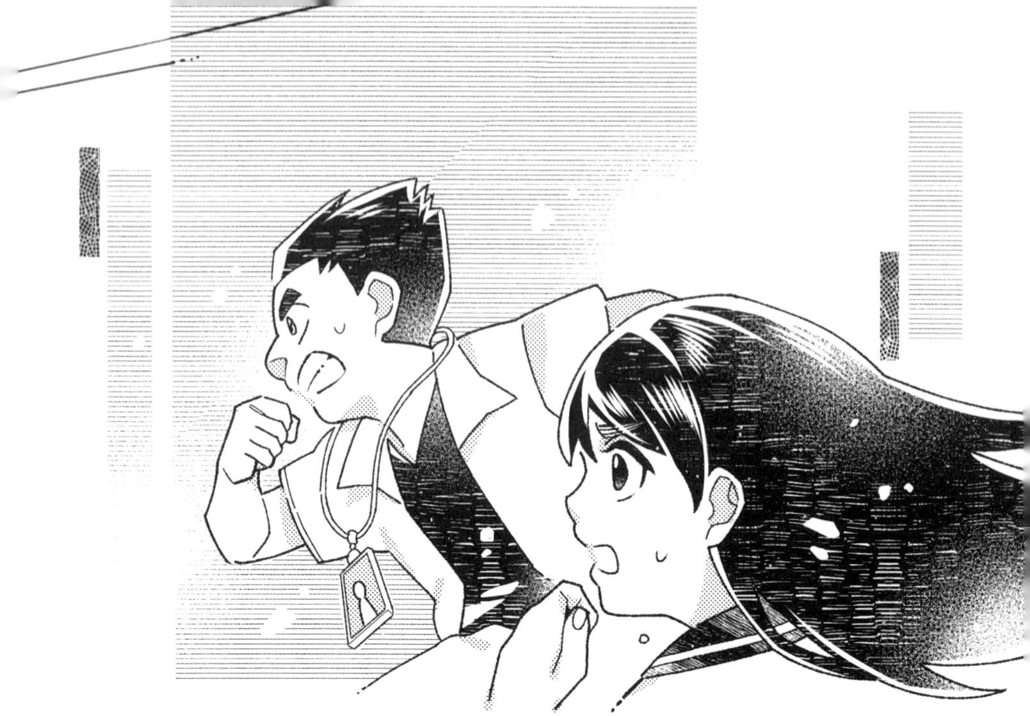

．．．．．

半小時之後，我們在廖宏翔家聚會。他家的客廳好大，十幾個人坐下來只占了三分之一空間。廖宏翔把投影機降下，連線到設定的手機，這樣就能觀看剛才的錄影畫面。

影像投射到寬大的銀幕上，只見孕婦雙手捧著肚子往前走，鏡頭一路跟拍。她先直走再右轉，隨後上了停在路邊的車子。

「車一啟動，我就沒拍了。」方逸豐說。

下一段畫面的鏡頭晃得很誇張，直到路口才勉強停住，一陣左右搖擺後，可看到揹背包的男生左轉直走，然後鏡頭又晃動起來跟拍他。

經過幾個路口，轉了幾個彎，來到巷尾一棟建築的騎樓，那個男生走了進去。鏡頭正要往前跟拍，突然響起我的聲音。

「不要進去！」

「為什麼？」這是王元霸的聲音。

「我聞到危險的味道。」

颯——颯——手機錄到呼呼的風聲，隨後畫面轉黑。

「你們就這樣回來了？」何文彬問。

王元霸看著我，而我點點頭。

「什麼叫做危險的味道？」邱政問：「形容一下吧。」

「有點像……」我想了一下：「燒塑膠的味道。」

「你有看到冒煙嗎？」見我搖頭，邱政說：「你想太多了吧？」

我沒吭聲，不曉得怎麼回應他。

「為什麼要跟拍孕婦和背包男？」方逸豐問。

「因為孕婦身上的味道轉移到背包男身上去了。」

一陣靜默。看來大家都一頭霧水。

「孕婦剛進門時有菸味，但從盥洗室出來後那個味道不見了，或是變淡了。」我解釋道：「後來走出盥洗室的背包男，身上有相同的菸味。」

「原因出在盥洗室吧。」邱政推測。

我搖頭不表認同，並補充想借盥洗室卻被拒絕的經過。

盥洗室
toilet

「你有聽到什麼特別的聲音嗎？」黃宗一問張旋。

「只偷聽到客人的對話。」

「難道是隔音設備做得很好……」黃宗一喃喃自語。

「所以到底是怎樣？」宋謙說：「我們有任何頭緒嗎？」

眾人都盯著黃宗一，想看他怎麼回答。

「你心裡有答案吧。」黃宗一看向隋雲。

「那家店有問題。」隋雲俐落的說：「那個孕婦是冒牌貨。」

啊？我愣住了。她的肚子明明很大……

「你有證據嗎？」邱政問。

「女生懷孕時，身體重心會改變，所以孕婦走路時會稍微往後傾斜，必須一手撐住腰部，另一手托住肚子下緣，而且雙腳會呈外八慢慢走。」隋雲說：「影片中的孕婦卻雙手捧腹，腰挺得很直，這是不正確的姿勢。她的演技遜爆了。」

對喔，難怪我覺得她肚子這麼大，走得也太快了點。所以……

「她肚子裡裝了什麼？」我忍不住脫口而出。

「你心裡有答案吧。」這次換隋雲回敬黃宗一。

「為何挑你去，現在你懂了吧。」黃宗一看著我說：「你有驚人的天賦。」

「什麼天賦？」我呆呆的問。

「早上你聞到潮濕的氣息，剛才你聞到危險的味道，」他停頓了一下：「你的嗅覺非常敏銳。」

對啊，我的鼻子很靈，但不知是天生還是後天造成的，因為我認人得透過嗅覺。

「你們沒走進騎樓是對的，那裡疑似有人在吸食K他命毒品。」

哇！現場一陣騷動，大家都感到震驚。若真的誤入毒窟就慘了。

「冒牌孕婦肚子裡沒有胎兒，但可能裝有大麻，他們利用那家店

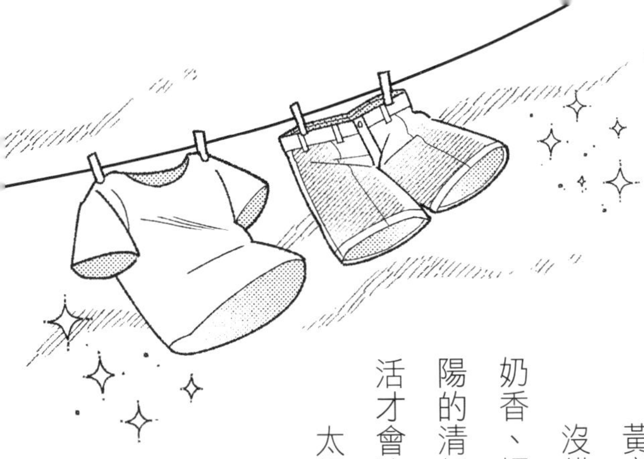

進行交易。」

原來燒塑膠味是K他命，菸味是大麻。那家店的糖果可能也有問題，我的確聞到人工香精的氣味！

「既然你有這麼棒的天賦，沒好好運用太可惜了。」

黃宗一解開我的疑惑。真是不好意思，我還以為他在整我。

沒錯，我的身邊充滿了各種味道：剛出爐的麵包香、生日蛋糕的奶香、媽媽在廚房烤魚的醬油香、爸爸身上的古龍水味、衣服晒過太陽的清新氣味、下雨前的潮濕味……就因為我有絕佳的嗅覺，我的生活才會這麼有趣。

太好了，我終於明白我的天職是什麼了！

二、健康變差。最常見的是頻尿，因為膀胱受藥物影響而發炎、縮小，甚至每五至十分鐘就得跑一次廁所。另外，心跳、血壓、呼吸、代謝……都會受損。

三、破產。藥頭賣 K 他命不外乎想賺錢，上癮者只好不斷花錢，最後破產。

四、很難戒除。記住，毒品會控制大腦，讓人產生依賴，更會失去理性思考的能力，不斷欺騙自己沒關係而繼續吸食，即使戒了毒，還是可能忍不住而再度接觸！並不是「不想吸就不要吸」那麼簡單的事。

總之，毒品就是危險！壞處不勝枚舉，千萬別因為好奇心而輕易嘗試。打從一開始就避開吧！不要有試試看沒關係的傻念頭。

好奇心我也有，但都用來研究科學！
還有用來研究頭髮怎麼中分才對稱吧！

科學眼 K 他命會抑制神經物質傳導，讓人感官失調、失去警覺。除了不吸食，也要小心來路不明的飲料，以免遭人下藥。

破案之鑰

K 他命很危險嗎？

是的，很危險，一旦沾染了，後患無窮。

K 他命是化學物質「氯胺酮」的俗稱，常溫常壓之下為白色粉末，原本是一種麻醉藥物，後來受濫用而成為有害身心的毒品。這種化學物質進入人體後會對神經產生影響，在大腦發揮作用，讓人產生興奮、害怕等刺激感，及麻醉效果帶來的安心感和安全感，甚至會出現幻覺。

但這些感受其實都是藥物的作用，換句話說，K 他命會控制人腦，讓人與現實脫離，而且想一試再試，也就是「上癮」！這會有什麼後果呢？

一、變笨。研究發現，吸食 K 他命會造成大腦萎縮，智力退化，使腦部損傷。

反應本來就不快，大腦再萎縮還得了……
吼！緊張什麼啦！不要碰毒就好啦！
毒

第九話 達不成的共振

我好喜歡彈吉他。

幾片木板黏在一塊，裝上六條弦，這就是吉他的基本結構。撥動琴弦所發生的振動，會透過音箱產生共鳴，流瀉而出的音符既悅耳又動聽。

我知道自己長得平凡，稱不上帥哥。儘管我有「吉他王子」之稱，但吸引眾人目光的，並不是張旋這個人，而是我手中的吉他。每當我彈奏吉他時，大家看我的眼神就不一樣。

吉他彈得愈久，愈能發現箇中奧妙，譬如我發現流行音樂經常套用特定四個和弦為主架構，不只彈奏起來好聽，即便是升調或降調，這四個和弦所組成的公式依然適用。發現這個祕密之後，我一把吉他在手，就能輕鬆演奏幾十首歌曲；只要吉他上身，我就是眾人目光的焦點。

方逸豐曾經開玩笑說，我刷和弦等同刷存在感。這話說得沒錯，可惜我怎麼刷，依舊無法引起錢若娟的注意。雖然我眼中都是她，但她的目光總是不在我身上。

我很清楚錢若娟喜歡打球，對音樂興趣不高，她唯一會注意到的聲音是附近寺廟的鐘聲，早晚八點各敲一次。不幸的是，我偏偏是個運動白癡。即使我們小時候會一起玩，如今卻漸行漸遠，頻率完全對不起來。怎麼辦？我該怎麼做才能讓她意識到我的存在？

「到底要不要報警啦？」

前幾天我們明查暗訪幸福糖果屋，發現那裡疑似進行不法交易。但對於下一步該怎麼做，班上同學一直無法取得共識。

「邱政，你去跟你爸說不就行了？」何文彬說。

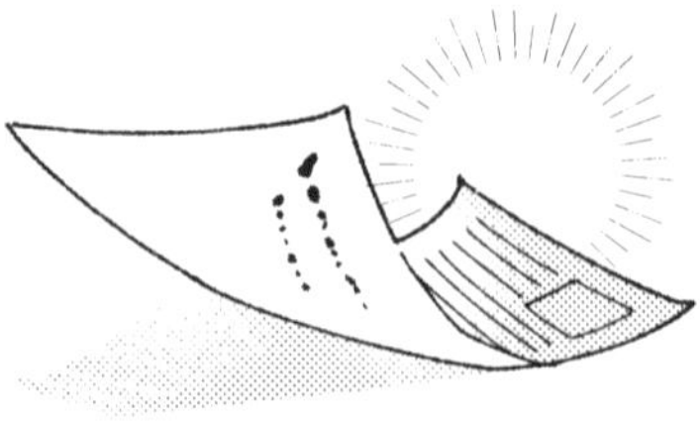

「警方辦案，要求的是證據，」邱政說：「我們有嗎？」

「怎麼沒有？」章均亞反問：「物證和人證都有啊。」

她指著我和湯子怡：「物證是劉孟華留下的字條，人證就是他們兩個啊。」

「我指的是實質證據，」邱政嗤之以鼻：「那張字條不過是某人的懷疑罷了，而這兩個人只是聞到菸味，嚴格說來，連間接證據都不算。單單我們幾個小孩講的話，我爸不可能受理。」

「如果是黃宗一去講呢？」余唯心問。

「我拒絕。」黃宗一立刻開口。

「為什麼？」

黃宗一沒答腔。

「一開始就說了，」章均亞說：「報告老師是最好的方法。」

「玉茹老師會阻止我們繼續追查。」錢若娟說。

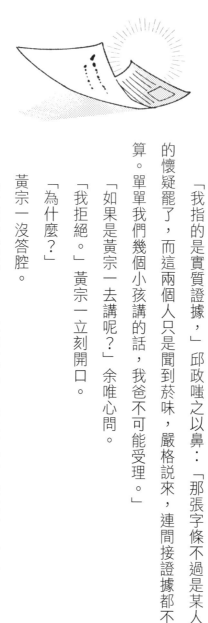

「如果是志雄老師呢?」章均亞提議。

「志雄老師有嫌疑哦!」何文彬說:「他和班長私下有接觸。」

「如果這樣就算有嫌疑,」邱政接話:「那我們學校有嫌疑的老師可真不少。」

一陣沉默後,方逸豐打破僵局。

「投票吧,」他提議:「要不我們自己繼續調查,不然就找志雄老師幫忙。」

這個主意不錯,少數服從多數,但該投哪一邊,我沒有頭緒。不知道錢若娟會站哪一邊呢?

「贊成我們自己繼續調查的請舉手。」

舉手的人還滿多的,包括班對湯子怡和方逸豐、好麻吉卓伯康和廖宏翔,他們真有默契。

反倒錢若娟沒舉手,這讓我很意外。

「希望找志雄老師幫忙的請舉手。」

我立刻舉手，支持這個論點的同學也不少，但錢若娟還是沒舉手。為什麼？她竟然不表態？

「黃宗一、隋雲、錢老大，你們幾個為什麼沒投票？」

「我沒意見。」黃宗一冷冷的說。隋雲則是表情漠然不吭聲。

「我……我覺得兩邊都可以。」錢若娟遲疑片刻才說。

「十票對十票，平手。」方逸豐說：「這樣不行啦，沒投票的人至少要有一個出來表態。」

黃宗一和隋雲依然無動於衷，錢老大則一付躊躇的樣子。

「要不要試試我的方法？」林仲亨突然發言。他看沒有人反對，便從書包拿出一根木條，上面繫著兩條細繩，繩子的末端各綁著一把同款式鑰匙，只差在兩條繩子一長一短。

「這要做什麼？」邱政問。

「這個方法叫做『揣摩天意』。」只見林仲亨把木條打橫，再拉緊鑰匙，讓細繩靜止不動：「每當我猶豫不決時，就讓老天爺來幫忙，比如說短繩代表『要』，長繩代表『不要』，如果短繩突然擺盪，就代表老天爺要我去做。」

竟有這種方法？真能代表天意？

「我示範給你們看。先假設短繩代表由我們自己繼續調查，長繩則是去找志雄老師。現在，請大家注意看……」

繩子原本靜止不動，突然間，較長的那一條開始晃動，而且愈晃愈明顯；相形之下，短繩只是微微顫動。

「老天爺要我們住手，」林仲亨大聲下結論：「應該去找老師，否則也許會出事。」

真的要住手嗎？再查下去，會不會出現第二名失蹤者？忽然響起輕輕的嘎吱聲。我回頭一瞧，是隋雲轉動輪椅，似乎不以為然。

「眼見為憑，你不相信天意嗎？」林仲亨講話時口水亂噴，周遭同學趕緊後退兩步。隋雲只是淡定不語，朝黃宗一看了一眼。

「這方法不能揣摩天意，只是洩漏你的潛意識。」黃宗一接下挑戰：「這是應用科學上單擺的共振，當身體與特定擺長的單擺形成共振，這個單擺就會動起來。」

「我聽嘸。」王元霸說。

「每個物體都有自己的振動頻率，當振動源和物體的振動頻率一致時，就會產生共振。」黃宗一加以解釋：「以單擺來說，它的振動頻率與繩子長短有關。」

「我知道短繩和長繩的振動頻率不同，但振動源在哪？」邱政提出質疑。

「振動源就是林仲亨的身體，他的身體有些微晃動，正好與其中一個單擺形成共振。」

「就算我的身體真的在動，那也是老天爺要我動！」林仲亨理直氣壯的說。

「剛才你投『找志雄老師』一票對吧，你的潛意識希望長繩動起來，因此你的身體搖晃時，有意無意間和長繩的振動頻率一致。」

被戳破的林仲亨一臉驚愕，接著轉為沮喪，彷彿被老天爺背叛遺棄似的。

「換句話說，這戲法可以人為操縱，」黃宗一又說：「只要你的身體和單擺能產生相對應的振動頻率就行。」

我懂了。那麼，錢若娟之所以沒投票，是想和黃宗一的振動頻率一致嗎？

・　・　・　・　・

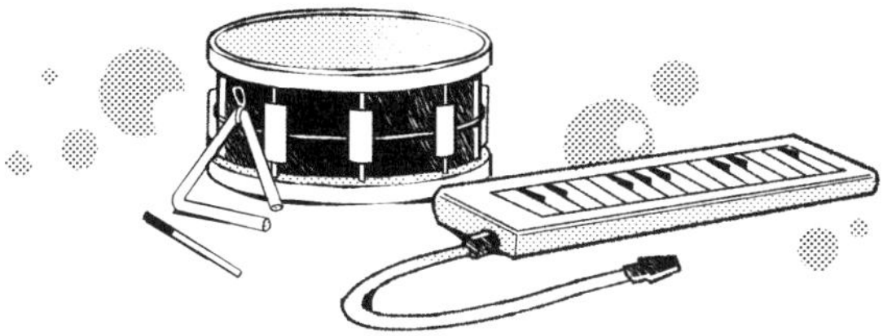

放學後，我直接前往音樂教室。音樂老師和我很熟，她認同我的音樂天分，還將教室鑰匙交由我保管，歡迎我去練習各種樂器。

雖然我只會彈吉他，但其實對每種樂器都感興趣，不過這幾天我只專心練習其中一種——那就是豎琴。豎琴的外形主體像是三角弓，框內共有四十七條弦，與六條弦的吉他相比，音色更加豐富且優雅，演奏難度自然也更高。

這幾天下來，我用土法煉鋼的方式，試出每條弦的音調，以適當力道撥彈後，終於彈出像樣的旋律。我心中暗自喝采，卻聽見掌聲響起，是章均亞站在門口。

「你很厲害，」她邊說邊走進教室：「學樂器可以無師自通。」

「你來幹嘛？」

「我們都是本校學生，你能來，我就不能來嗎？」

章均亞拉開一張椅子，自顧自的坐下。

「你彈你的，不用管我。」

「你坐在這裡，會讓我不太自在。」

「這樣不行喔，」她伸出食指搖了搖。

「對演奏家來說，觀眾最重要了，你應該明白吧。」

「我對豎琴還不熟，不想公開獻醜。」

「我就說嘛，你明明是吉他王子，來彈什麼豎琴，幹嘛勉強自己？」章均亞意有所指的說。

「我想學新樂器，並不勉強。」

「才怪。」她搖搖頭，歎了口氣：「我知道你是為了錢老大。學校進了一批新樂器，就因為她說豎琴看起來很優雅，想聽聽它的聲音，你就埋頭在這裡苦練。」

她怎麼知道這件事？我感到一股燥熱襲上臉頰。

「錢老大不適合你，就像豎琴這麼大臺，跟你完全不搭，小一

點的樂器才適合你。」她停頓一下：「要不要跟我合作？你彈我唱，我們可以互補，而且會是最佳拍檔，一定能翻轉未來的流行樂壇。」

她在說什麼？我整個人呆住了。

「如果你願意的話……」

「對不起，我很忙，」我打斷她的話：「請不要再打擾我了。」

我下達逐客令。時間很寶貴，分秒必爭，我得趕快練好曲子，因為今晚是關鍵時刻。

・・・・・

我約了錢若娟七點半在校門口碰面，計劃帶她去音樂教室，用豎琴演奏生日快樂歌，並且快板和慢板各一次。在慢板的尾聲中，我要向她告白。這是決勝負的一刻。

等了很久，差點以為錢若娟放我鴿子時，才見她遠遠跑來，我鬆了口氣。

「抱歉遲到了，我得先餵飽弟弟妹妹。」

沒關係。我知道她是長女，為其他手足張羅晚餐是她的責任。

「我們要去哪裡？」

「音樂教室。」

「去那裡做什麼？」

「等一下你就知道了。」

「幹嘛？搞神祕？」她用胳臂頂了一下我的側腹：「這不像你的風格喔。」

我心臟怦怦跳。因為太過緊張，完全不曉得如何回應，也記不得自己說了什麼。

我們踏上東廂樓的樓梯，轉進二樓走廊，直直走向盡頭的音樂教

室。我掏出鑰匙插入鎖孔，深吸一口氣，做好心理準備才開鎖。但就在這時，教室裡響起聲音。我愣了愣，錢若娟也轉頭看我。

「你聽到了嗎？」

我點點頭。

「那是什麼聲音？」

怎麼會這樣？誰在裡面彈豎琴？我打開門，點亮燈光，室內立刻大放光明，但沒見到半個人影。

錢若娟走向豎琴，仔細打量：「原來這是會自動演奏的樂器。」

「不對，」我說：「這座豎琴沒有任何機關，要親手彈撥才會發出聲音。」

我倆緊盯著顫動的弦，聽著叮咚叮咚不成調的旋律。

「所以這是……」

「鬼在彈琴嗎？」

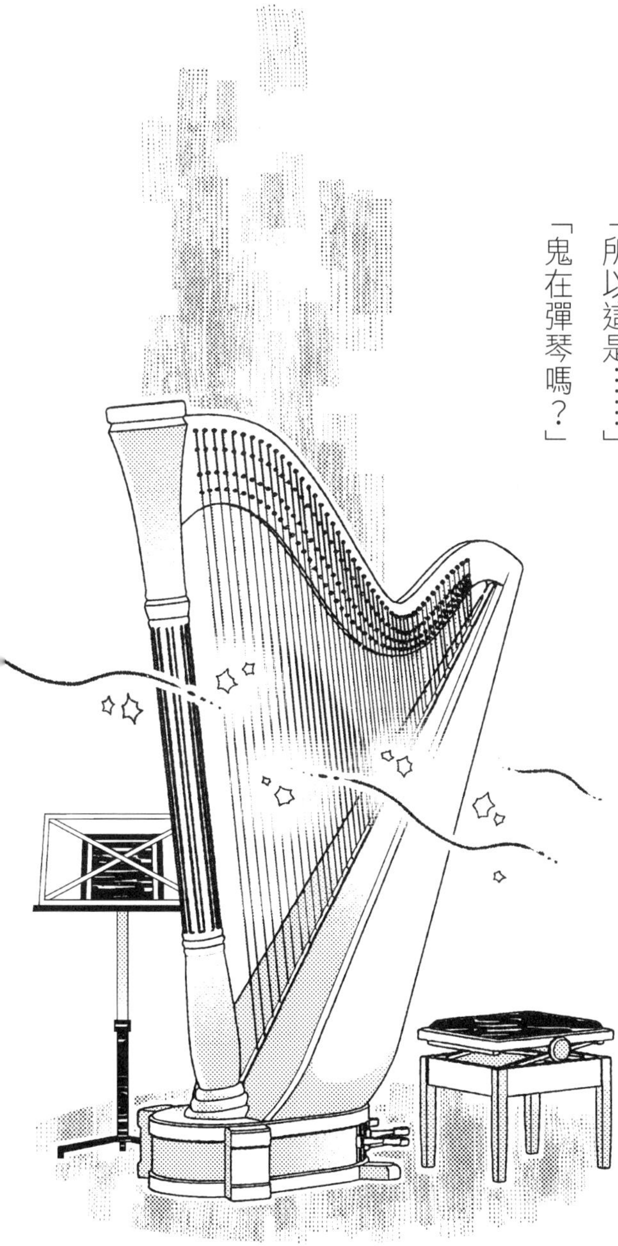

她話一說出口，我心臟更是狂跳，隨即感到惡寒襲身，眼前瞬間一黑，整個人失去了知覺……

•

•

•

•

•

等我回過神來，眼前依舊一片漆黑，感覺自己躺在某種堅硬的平面上。

「這是哪裡？」我試著坐起來。

「我們在學校附近的公園。」有人回話，是錢若娟的聲音。

「我……我怎麼了？」

「你昏倒了。」

我想起來了，我們在音樂教室聽見鬼在彈琴……

「對不起，我太膽小了，居然就這樣昏倒……」而且還是在錢若

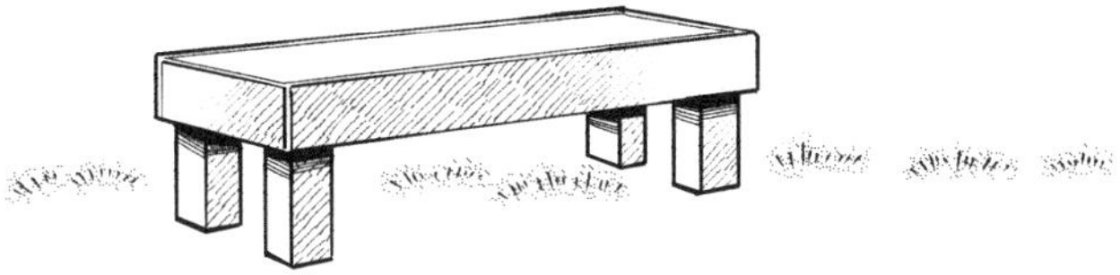

娟面前，真是糗斃了：「我怎麼會來到這裡？」

「我揹你過來的。」

讓女生揹我，唉，我真想拿鐵鎚敲昏自己：「我真沒用，沒能保護你，反而讓你揹我逃走。」

「不意外，你從小就是個膽小鬼嘛，而且你很輕，揹你根本不費力氣。」

啊——現在地面要是有洞，我一定馬上鑽進去。

這時，我才注意到黃宗一就坐在旁邊的另一張長椅上，他對面是坐輪椅的隋雲。

「你們怎麼也在這裡？」我問。

「我一路跑到這裡，先碰上黃宗一，接著又遇見隋雲。」錢若娟回答。

「只是巧遇。」隋雲說。

「真的是這樣嗎？」黃宗一問。

他們倆四目相視。我始終搞不懂他們把對方當朋友還是敵人。

「我正在跟他們說明事發經過，」錢若娟解釋：「我是指鬼彈琴的靈異現象。」

「我歸納一下，」黃宗一說：「大門上鎖了，窗戶雖然開著，但音樂教室在二樓，跳下去就算沒受傷也會被你們發現，可是裡面半個人也沒有，對吧？」

錢若娟點點頭。

「你們剛到教室門口，就聽見裡面傳出音樂聲？」

錢若娟再度點頭。

「我覺得是鬼在彈琴，」我補上一句：「這是唯一的可能。」

「不對，」黃宗一立刻反駁我：「還有另一種解釋。」

他朝隋雲看了看。

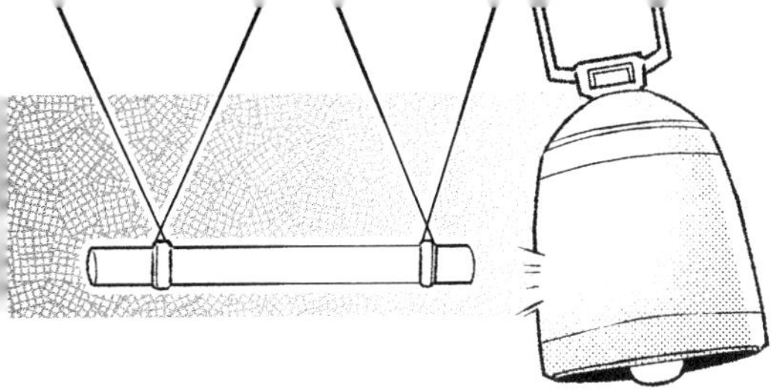

「物體會突然動起來，多半是有外力介入，」隋雲很乾脆的接過話：「答案很簡單，就兩個字：共振。」

咦，共振？早上才聽過這兩個字，現在又出現。但……

「但沒有振動源。」錢若娟搶著說。

「有啊，只是你沒注意到。」

我和錢若娟面面相覷，完全搞不懂怎麼回事。

「你們原本約七點半碰面，但是你遲到了，」隋雲對錢若娟說：「我猜你們走到音樂教室時，大概八點左右。」

「所以呢？」

「八點鐘會發生什麼事？」什麼事？我想破頭，腦袋裡依舊一片空白，身邊的錢若娟也一頭霧水。

「附近的寺廟會敲鐘。」

「你是說，振動源是那座鐘？」錢若娟的反應比我快：「鐘聲傳過來，剛好和豎琴的振動頻率一致，所以豎琴的弦自己振動起來？」

「正解。」

「可是，那座鐘離學校有段距離，」我還是有些狐疑。

「不信的話，你可以明晚同一時間再去確認。」

「別小看共振，」黃宗一插話：「它的影響可能很可怕。有個例子發生在一八三一年，當時有支英國步兵隊經過布勞頓吊橋，竟造成橋過度搖晃而倒塌。那座橋的結構沒問題，整個步兵隊也沒有超過橋能承載的重量，但悲劇還是發生了。」

「你的意思是，部隊的振動剛好與吊橋的振動頻率一致？」錢若娟問。

「步兵過橋時，所有人的步伐整齊劃一，所以造成的共振非常驚人。」黃宗一語畢，站起身：「我先走了。」

「我也要回家了。」隋雲轉動輪子，從反方向離開。

現場只剩下我和錢若娟。我看看她，心裡突然產生一股衝動，便起身跑開，追向黃宗一。

「等一下！」他聽到我的聲音，回身停下腳步。

「有沒有什麼辦法，可以和你的振動頻率一致？」我喘著氣問。

「其實你是想問，有什麼辦法可以和某人心意相通吧？」他反問我：「我無法回答，這是你自己要去面對的問題。」

什麼，真令人失望，這世上居然有黃宗一無法解答的問題？看來科學並非萬能啊！

至於聲音，為什麼能隔空共振呢？別忘了，聲音是一種波，透過介質傳遞。寺廟的鐘聲一響，會振動附近的空氣，將聲波傳向四面八方。當聲波遇到頻率相同的物件，就能引發共振。

請準備兩個一樣的高腳杯、一支吸管、一杯水。將兩個杯子相鄰放在桌上，但彼此不接觸。食指用水沾濕，沿著杯緣滑動，讓杯子發出聲音，並判斷聲音高低。將吸管放入聲音較低的杯中，在聲音較高的杯中加一些水，再次以食指讓杯子發出聲音。重複試驗，直到杯子的聲音變得和另一個杯子一樣。這時你會發現，放在另一個杯子中的吸管，會隔空跟著鄰杯的聲音振動起來！

科學眼 聲波的頻率愈高，音調愈高；頻率愈低，音調愈低。當頻率一致，聲音會發生共振，這叫共鳴。

破案之鑰

共振的威力真有那麼強大？

關於共振的威力，例子可不少。美國發明大王愛迪生最強勁的對手特斯拉就曾經狂言，他發明的振盪器曾在紐約市引發過小型地震。據說，他把小小的振盪器擺在建築中的大樓頂，調整頻率後，大樓竟在共振作用下漸漸擺盪起來，愈搖愈嚴重，最後嚇得工人從工地中逃出。

但這是為什麼？想想看盪秋千的道理。想把秋千盪得高，施加推力的時機很重要，必須與秋千的擺盪同步，換句話說，就是推動秋千的頻率，必須和秋千擺盪的頻率一樣。同樣的，特斯拉的振盪器雖小，只要振動頻率和大樓固有的振動頻率一樣，就能一點一滴推動大樓，當能量愈累積愈大，連整棟大樓都可能振動起來。

這秋千怎麼都推不動，是壞了嗎？
只要時間掌握得好，輕輕盪就可以盪得很高！
這就是共振的力量。

第十話
念舊的羈絆

大家以為我最珍貴的是COACH包，其實我最愛我的小被被。沒有了它，我就完蛋了。

我真的沒有誇大其辭。晚上我一定要抱著小被被上床，聞著它的味道才能安然入睡。有一年寒假去爺爺奶奶家過節，我忘記帶小被被，結果徹夜難眠，連帶白天也無精打采。最慘的是，有一次媽媽洗了我的小被被，我簡直快瘋掉，因為我最愛的那股香味被洗掉了，我得抱它抱好幾個月，才能找回它專屬的氣味。

因此我鄭重聲明，不准任何人碰我的小被被，更不可以拿去清洗。絕對不行！

它很香，一點都不臭！

有人以為這條小被被是高檔貨，錯了，它只不過是條粉紅色的薄毯子，如今早已褪成淺金色，摸起來也有些粗糙，但我跟它已經有了密不可分的感情，因為我從四歲起就有它作伴。

我媽說我喜歡舊東西，其實不盡然。我喜歡新衣服、新包包，但說到小被被，的確是新不如舊。我就是很在意它，即使它愈來愈破舊，我也不能沒有它，永遠不會拋棄它。

然而，這正是我的困擾所在。鄭少傑對司馬瑛，也如同我對小被被嗎？如果他的愛情觀是新不如舊，他的初戀會不會是我難以跨越的障礙？我一心想要取代司馬瑛——那位說不定已經不存在的女生，但這會不會終究是白費力氣？我到底該怎麼辦才好？

前幾天在心情告解室認識一個網友，對方聽了我的心事之後，建議我這麼做……

「歡迎光臨！」我拉開門，迎面站著湯子怡，後面還有一大票班上同學。

「唯心，生日快樂！」

湯子怡一進來，就熱情的擁抱我，同時開啟了眾人一連串的祝賀語。「祝你天天開心！」、「祝你愈來愈美麗！」、「祝你明天比今天還要正！」……我聽得心花怒放，卻很快被何文彬壞了好心情。

「祝你的身材愈來愈讚！」他邊說邊比劃著手勢。我頓時臉紅起來。臭男生！講什麼噁心的話。幸好鄭少傑把他推開。

「謝謝你邀請我們參加你的生日烤肉會！」

真不愧是鄭少傑，人長得帥，講話也很得體，所以我才會偷偷喜歡他……啊，不能用「偷偷」兩個字，因為我已經向他告白了。

「我記得你家沒這麼大。」章均亞說。

我愣了一下，正要開口回答，湯子怡已搶先搭腔。

「你不知道她搬過家吧？」

「賣吃的果然很賺，」何文彬對我說：「你爸的香雞排應該會開分店吧？」

我懶得理他。

除了林仲亨、趙凱昱、蔡淑芬和馬玉珍四人，班上同學全員到齊，最後輪到隋雲要進門，但她的輪椅卡在門外。

「我記得另一邊的門可以開啊……」我喃喃自語。

這個大門是木製的雙開門，右側已經打開，左側被機關固定住，我不知要怎麼弄才能打開。正當我不知所措時，王元霸伸手在門的上方和下方分別一拉一抽，然後抓著門框用力一扳，左側門嘎嘎作響應聲而開，隋雲順利進來了。

「這種機關叫做天地串。」王元霸伸指比上比下的說。

「喔，謝謝你。」我暗自鬆了口氣，好險有人幫忙解圍。

「要在哪裡烤肉？」錢老大問。

「門口的前院。」

大家紛紛將烤肉器材和食材搬出門外。我家準備了醃製雞排、烤肉架和瓦斯爐，其他同學有的帶甜不辣，有的帶香腸、雞蛋、飲料，廖宏翔當然帶了一大桶他家專賣的冰淇淋。

「唯心，可以用你們家的烤肉醬嗎？我帶的好像不夠用。」蕭莉玲說。

我往右方一指：「沒問題，你自己去廚房拿。」

我才剛轉身就聽到蕭莉玲大叫：「這裡不是廚房，是儲物間！」

「啊，我說錯了，是左邊那間才對。」

我雙手拿著烤肉架走了幾步，又被人攔下來。

「可以借用廁所嗎？」何文彬問。

「那邊直走到底就是。」

沒多久，傳來何文彬的抗議。

「這是洗衣間，不是廁所！」他大吼著：「是叫我尿在洗衣機裡面嗎？」

真糗，連搞兩個烏龍。

「你是千金大小姐啊，」邱政虧我：「都沒在幫忙做家事喔。」

我吐了吐舌頭，尷尬一笑。

・・・・・

全體同學各就各位，共分為四組。烤肉組用鍋子和瓦斯爐迅速把雞排煎熟，免得供不應求；副餐組用烤肉架炙烤蝦子、花枝、香腸

和甜不辣，並用烤盤煎洋菇和蛋餅；飲料組負責調配果汁與冬瓜茶；最後一組只有兩個人——黃宗一和隋雲，他倆什麼事都不做，只在旁邊靜靜觀看，被我們戲稱是觀察組。

忙了一陣子之後，香味開始飄散，顯然可以大快朵頤了。這時卻來了一名不速之客——志雄老師。

有人竊竊私語，有人直接了當問：「老師，你有收到邀請嗎？」

「是我找老師來的。」錢老大說話了，同時跟我們眨眼。

我懂了，她想趁機套老師的話。

「壽星，祝你生日快樂、心想事成。」老師笑著對我說。我打開他送的禮盒，裡面裝了一隻造型可愛的獅子玩偶。

「哦！老師，你在拐彎說余唯心是母老虎嗎？」何文彬說。

討厭的傢伙，幹嘛一直調侃我。

「在西方文明中，獅子可是勇氣的象徵，」老師說：「唯心，我希望你能懷抱著勇氣、勇往直前。」全場響起熱烈掌聲。

我趁機大膽逼問：「鄭少傑，我的生日禮物呢？」

「對不起，」他抓著頭回答：「我來不及準備。」

「那你陪我玩丟接球。」

他一臉錯愕，沒料到我會這麼要求。我拿出事先藏在包包裡的手套，走到院子旁邊的空地。

「你身上一定有球，」我一邊說著，一邊把手套戴上，並且擺出接球的動作：「投吧，我會接住的。」

鄭少傑有點遲疑，但在大家的鼓譟慫恿下，他掏出球往我這邊投過來。碰！球進入手套的聲音好響亮，我忍不住閉了眼，而且手好痛，根本抓不住球。

「對不起，我太用力了。」他趕緊道歉。

「不會。再來！」我對他說。

他又投出一球，這次速度放慢了，但我沒掌握好時間點就用力一抓，結果球打中手套彈走。

「再一球！」

這球速度放得更慢，最後球是進手套了，但我晚了一步闔上，又讓球掉出去。可惡，怎麼這麼難？司馬瑛辦得到，為何我辦不到？

「換我投，你來接！」我偏不信邪。

沒想到結果更慘，我投了一個大暴投，球不曉得被丟到哪兒去了。鄭少傑撇下我，急著去找球。

「換我投！」何文彬邊說邊甩動手臂。

「我來接！」宋謙也來湊熱鬧：「啊，但球沒了。」

何文彬拿著紙袋走到一旁，伸手一探：「用這個當球吧。」他掏出一顆蛋。

「投吧，」宋謙擺好架式，嗲聲嗲氣的說：「我會接住的。」

在哄堂大笑聲中，何文彬投出那顆蛋，宋謙接住了，但是……

「破了啦，你幹嘛丟那麼用力，」宋謙雙手湊向鼻頭：「好臭！這蛋壞掉了！」

我記得……蛋是卓伯康帶來的。

「老闆明明說這是新鮮的蛋。」卓伯康嚅囁著說。

「你被騙了啦，」何文彬說：「窮鬼只會買到壞蛋，有錢人才會買到好蛋。」

「那統統拿來丟吧。」宋謙在瞎攪和。

「等一下，」錢老大出面阻止：「說不定有的蛋沒壞。」

「怎麼判斷？」何文彬說：「煎好後吃下去，等拉肚子才知道就來不及了。」

「可是，這樣丟掉好可惜。」

要保留還是丟掉，雙方爭辯不休。有好幾個人的目光都投向黃宗一，包括我。

「其實可以判斷，」他終於說：「倒一桶水來。」

王元霸趕緊提了一桶水過來。黃宗一將袋子裡的蛋統統倒入桶中，其中有四顆下沉，另五顆浮在水面上。怎麼會這樣？

「蛋如果新鮮，密度會大於水，所以會下沉。」

科學怪探侃侃而談：「蛋殼表面有許多我們肉眼看不見的小孔，蛋放得愈久，蛋裡面的水分和氣體會透過小孔流失，使密度下降，逐漸變得和水差不多，所以不新鮮的蛋會浮上來。」

「原來水還有這種用途。」邱政說。

我發現鄭少傑一副若有所思的模樣。過去這些年來，他一直著迷於掌控水的超能力，如今還執迷不悟嗎？我能切斷他和司馬瑛之間那條無形的牽絆嗎？

• • • • •

明明是我的生日聚會，我卻食之無味、心神不寧，一點也快樂不起來，因為心裡有件事讓我

很糾結，要做還是不做，我很猶豫。

「老師，你也是我們學校畢業的學生吧？」我聽到錢老大在問志雄老師。

「對啊，」他回答：「我是你們的學長喔。」

「玉茹老師也是我們學校畢業的，志雄老師以前就認識她嗎？」許佳盈問。

「她大我一屆，我知道她，但她不認識我，」他說：「她是有名的校園美女，很難親近的。」

「那現在呢？你會想追她嗎？」章均亞問：「若追到了，就是姊弟戀吔。」

志雄老師一臉發窘。

「你知道她有弟弟嗎？」方逸豐問。

「這我倒不知道。」

「她弟弟失蹤了，據說是被一個叫青鳥的人拐走了。」
「青鳥？帶走劉孟華的那個青鳥？」
「名字一樣，但不知是不是同一人。」邱政說。
「我們私下在調查，」錢老大說：「希望老師可以幫忙。」
志雄老師先是沉默，然後才說：「玉茹老師知道嗎？」
「當然不能跟她說，她絕對會阻止我們的。」
志雄老師又沉默了一會兒。
「告訴我目前調查的進度，我會盡力幫忙，」志雄老師說：「會拐走兩個學生，中間還相隔這麼久，背後一定大有文章。」
我聽得入神，突然發現瓦斯爐上的鍋子起火了。轉眼間，火勢變得相當猛烈，燒焦味撲鼻而來。絕大多數人趕緊退開，志雄老師抓起旁邊那桶剛剛用來測試雞蛋的水，正打算往鍋子潑下去，黃宗一的聲音突然響起。

「不能潑水！」

這是我第一次看到黃宗一跑步。他從公事包裡拿出一支寶特瓶，一邊搖晃瓶身一邊衝過來，並將瓶口對準鍋子噴出氣體和泡沫，火勢逐漸平息。

「你手上拿的是什麼？」邱政問。

「自製滅火器，」黃宗一回答：「瓶裡裝了醋和水。另外把一些小蘇打粉包在衛生紙中並塞在瓶口，小心避免衛生紙和瓶內的液體接觸，等使用時再搖晃瓶身，讓小蘇打粉落入瓶中。」

「剛才噴出來的是什麼？」姚夢萱問。

「二氧化碳氣體，」黃宗一說：「小蘇打的主要成分是碳酸氫鈉，與醋酸接觸後會產生水和二氧化碳。二氧化碳的密度比空氣大，會下沉，可罩在火上隔絕空氣，火焰因為缺氧就無法繼續燃燒了。」

「你怎麼想到要帶這個來？」廖宏翔問。

「既然要烤肉，就得有備無患。」黃宗一酷酷的說。

「如果把水潑下去會怎樣？」志雄老師問。

「會起油爆，火花四散，到時被烤的不只是雞排，還有在場各位身上的肉。」

現場鴉雀無聲。太恐怖了，光是想像就令人腿軟。

「怎麼會這樣？」志雄老師的聲音聽起來有點抖：「水不是可以滅火嗎？」

「水的沸點是攝氏一百度，但熱油的溫度高得多，把水澆在熱油上，水會迅速氣化，連帶把油帶入空氣，形成油霧，讓火爆出鍋外，愈燒愈旺。」

有人摀著嘴巴，有人摸著胸口，大家都嚇到了。沉寂了一陣子，錢老大打破靜默：「快要五點了，大家開始收拾吧。」

這時志雄老師突然走過來，對我說：「唯心，你怎麼一副魂不守

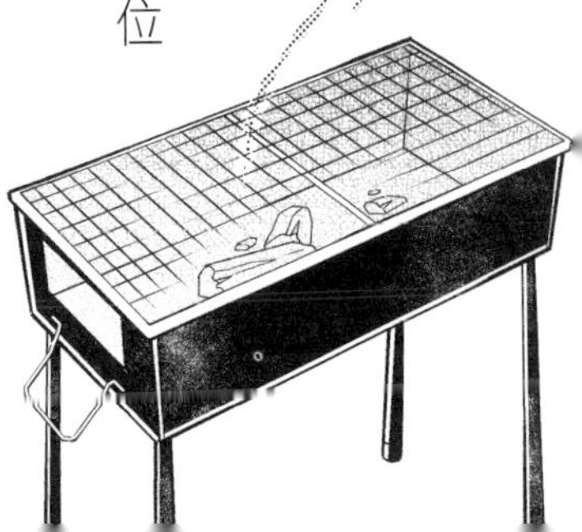

舍的樣子？有話就要説，有事就去做，別三心二意。」

這番話讓我下定決心。我回房間換上白色洋裝，來到客廳與後院相連的落地窗，朝著鄭少傑大聲呼喊。

「鄭少傑──過來我這邊。」

他筆直的往我走來，我踏著芭蕾舞步由客廳走向後院，最後踩上院子盡頭的女兒牆。我轉過身，對著走到落地窗口附近的鄭少傑揮手，這時我腳步一滑，身體頓時往下墜，還好雙手及時攀住女兒牆的上緣。

「鄭少傑救我！」

不一會兒，鄭少傑的上半身出現在我眼前。他伸出雙手，緊抓著我使勁往上拉。我用力往上蹬，終於被拉過女兒牆。他坐在地上喘氣，我倒在他懷裡，不禁哽咽落淚。

「沒事了，」他拍拍我的後背，輕聲的安撫我：「幸好把你救上

來了。」

這時大家全靠了過來，眾人一頭霧水，不知出了什麼狀況。

「你剛才是不是……」黃宗一打算說些什麼，但話沒講完就被隋雲拉開。他注意到什麼異樣嗎？

・・・・・

同學們陸續回家了。最後走的人是湯子怡，她抱了抱我才轉身離開。我鎖上大門，離開屋子時看見隋雲在轉角處。

「這裡不是你家吧？」

我愣住了。她怎麼會知道？

「就算你再怎麼公主病，搞不清楚自家廚房和廁所的位置，也太誇張了。」

我啞口無言。她說的沒錯，這裡是我爸跟他朋友借的屋子，因為我需要一個類似的舞臺……

「你真是用心良苦，」隋雲繼續說：「時間同樣是下午四點多，雖然沒有游泳池，但客廳和後院的格局，應該和司馬瑛家有點像。」

沒錯，這裡的後院盡頭也有斜坡。我是故意失足往下墜，就算鄭少傑沒把我拉起來，我爸也在下面待命救援。會布置這個舞臺，是心情告解室的網友給的建議……

會執迷於一件事或一個人，是因為心中有所遺憾。要破除這個執念，最好的方法就是了結那個遺憾。

那要怎麼做？

重建當初那個事件和舞臺，讓對方完成當時他想做的事，一旦心中遺憾被圓滿了，自然就會放下過去。換句話說，就是重寫記憶中的結局。

鄭少傑的遺憾，是面對重病的司馬瑛卻無能為力，覺得自己拯救不了她。如果我能讓他救我一命，說不定……

「你以為人的記憶就像電腦檔案一樣，可以輕易覆蓋嗎？」彷彿有讀心術的隋雲如此說。

我不曉得，也答不上來。未來會如何發展，以後才會知道。

只希望對鄭少傑而言，司馬瑛不是他最珍愛的小被被……

真相需要科學證據！

當人生中有些事情無法圓滿解決或收尾，例如和好朋友吵架，沒機會和好，或是家人、好友突然離開，沒有好好告別或解釋……這時總會覺得心裡好像少了什麼，有一種遺憾，甚至感到困擾、迷惑，一直掛在心上，未來在做決定或與人相處時，也不免受到影響。心理學家把這類事情稱為「未完成的事件」，就好像一個有缺口的圓。

人生難免遇到這類令人遺憾的事，建議向可信任的親人、師長或朋友傾訴，把事情說出來，宣洩心裡的情緒，或一起想想看可以怎麼彌補，學習面對和處理。

科學眼 完形心理學是重要的心理學派，20 世紀初於德國興起，也稱為「格式塔」心理學。

破案之鑰

未完成的事件讓人好遺憾？

先來看看以下的圖形，你覺得自己看到什麼？

左邊有個三角形？右邊是長了尖刺的圓球？但仔細想想，其實圖形並沒有真的畫出三角形和圓球，而是我們的大腦如此認為。

心理學家發現，人們在認識與理解事物時，會把分離的片段整合，組織成有意義的整體，例如認識一朵花，除了顏色、形狀、大小，還要再加上過去的印象與經驗等，才算得上是完整的認識與感知。提出這種主張的心理學派，就叫「完形心理學」。

因為這樣的心理機制，人往往偏好把事務「完成」。試著在白紙上畫一個有缺口的圓弧，看看經過的同學有什麼反應。你會想把缺口補滿，讓圓弧變成完整的圓嗎？過去有人做過實驗，發現許多人有這種傾向，尤其是小孩，就連大猩猩也會試著這麼做。

第十一話
動物溝通師

我媽說每個人心中都有祕密，有些說出來無妨，頂多是讓人笑話，但有的祕密卻絕對不能說出口。

比方說我爸的祕密是偷藏私房錢，只不過這個小確幸被我媽察覺了。不過我媽並沒有說破，反而當作沒這回事。我媽說「要給男人留點面子，畢竟你爸上班很辛苦。」但我爸只是拿私房錢買菸抽，他要是用錢養小三，我媽才不會善罷干休。

我自己也有祕密，而且我很想跟班上同學說，但我爸媽一再叮嚀，絕對不能告訴別人。我媽很嚴肅的告誡我：「瑞文，要是讓別人知道這件事，人家會當你是頭腦壞掉的怪胎！」我爸講得更誇張：「就算沒被抓去精神病院關，情治單位也會偷偷押解你去解剖，看看你的腦袋裡到底裝了什麼！」

有這麼恐怖嗎？

好吧，既然說出來的代價這麼大，當然是不說為妙。然而他們有

所不知，即便我把祕密藏在心底，我在學校也被當成了怪咖。

‧ ● ● ● ‧

每天上學途中，我都會路過公園，只要時間不趕，我通常會穿越園區，在綠蔭夾道中悠哉漫步，聆聽蟲鳴鳥叫，和沿途遇見的貓狗小動物們打招呼。這幾乎是我每天進校門前的儀式，也是我可以放鬆心情做自己的快樂時光。可是今天的情況不太妙，老遠我就看到三、四個人圍著一隻狗，不曉得在幹嘛。我小跑步向前一看，原來他們拿著薯條在餵狗。

「其實小黃不喜歡吃薯條，」我跟他們說。

「牠看起來吃得很開心啊，」講話的人邊撒薯條邊抬頭看我：「原來是你，六年一班的游畜生。」

這幾個人我認得，他們是六年三班的學生，也是學校裡的惡霸。帶頭的名叫鄧超仁，他們自稱「超人軍團」。

「我的名字是游瑞文，不是游畜生。」

「這隻狗有說牠叫做小黃嗎？沒有吧？」鄧超仁說：「既然你可以幫牠取名小黃，那我也可以叫你游畜生。」

「為什麼他叫游畜生啊？」其中一個同夥問。

「因為他成天都跟畜生混在一起，久而久之也變成畜生。」

「小動物不是畜生，牠們……是有智慧的生物……」

「牠不喜歡吃薯條嗎？」另一個同夥問：「牠明明還在吃啊。」

「小黃牠……牠會肚子餓，」我支支吾吾的說：「如果有選擇的話，牠寧可吃……吃別的東西，因為薯……薯條會讓牠腹瀉，而且有可能會得胰腺炎……」

他們面面相覷，然後鄧超仁突然狂笑起來。

「你是在說笑吧？胰腺炎？」鄧超仁笑得喘不過氣：「你真是怪咖欸，滿腦子胡思亂想，我看你是得了腦炎吧？」

這時我眼角瞥到「超人軍團」的第四個成員，拿石頭丟小動物。

「請不要丟石頭傷害牠們，」我對那個人喊叫。

「老鼠你也要保護喔？」鄧超仁說。

「那是松鼠，不是老鼠……」我結巴的說。大概是因為松鼠躲在樹蔭下，所以他們沒看見牠蓬鬆的大尾巴。

「反正都是鼠類，全都是畜生！」

鄧超仁向前幾步，撿起地上的一顆石頭，朝樹下用力一拋，然後轉身走回來。只見他臉色一變：

「小黃不見了。都是你害的，你要賠我。」

「我……我怎麼賠你？」

「我好心要請小黃吃薯條，結果牠溜掉了，剩下這半包，你說怎麼辦？」

「我……我……」

「當然是你來吃嘍。」

「我……我……已經吃過早餐……」

「你不吃，我就得丟掉，你不覺得這樣很浪費嗎？」

我不曉得該點頭還是搖頭才好。突然間，我身體兩側各被一人架住，鄧超仁抓著一把薯條往我嘴裡塞過來……

進入教室後，我走到自己的位置坐下來，張旋對我說：「你嘴巴怎麼紅紅的？」

我伸手摸了摸嘴唇，的確有紅紅的黏液。我拿手帕擦掉它：

「這是番茄醬。」

「可是你的衣服上面也有。」

我低頭一看，上衣沾了幾塊紅色污漬。

「你褲子也髒髒的，」章均亞說：「上衣的袖口還有裂縫。」

「喔，我不小心摔了一跤。」

「你家是用哪個牌子的番茄醬呀？」她說：「味道好到讓你失神摔跤？」

我沒接腔。剛好邱政說話了：「各位同學，我爸請我轉告大家晚上不要出門亂晃，因為警方最近接獲民眾通報，說是有橫行街頭的流浪犬會獸性大發、攻擊路人。」

「這是不可能的……」我喃喃自語。

「怎麼不可能？」蕭莉玲說：「人為財死，鳥為食亡，狗因為餓肚子而發狂。」

「我就曾經被野狗追過，」林仲亨說。

「不可能有流浪犬……」

「你說沒有流浪犬？」邱政打斷我的話：「街上那些骯髒發臭的狗是什麼？難道我爸亂講話？還是說，向警方通報的民眾在造謠？」

「我……我不是……」我又結巴了：「我不是說街上沒有流浪犬，只是牠們都很安全，沒有攻擊性……」

「你又知道了，」邱政繼續嗆我：「那些野貓野狗有沒有攻擊性，不是你說了算。」

「其實大部分的野貓野狗都有病，」蕭莉玲說：「不然就是身上帶著病毒。要是被牠們攻擊，你就慘了。」

「會有多慘？」余唯心問。

「有沒有聽過狂犬病？」蕭莉玲接著說：「如果被得病的野生動物咬到或抓到、沾到牠們的口水，病毒就會侵入體內，破壞你的中樞神經。你會漸漸肢體癱瘓、意識混亂或喪失知覺，最後死翹翹。」

「等一下，」我趕緊打岔：「野貓野狗看起來是髒兮兮的沒錯，但那是因為沒有洗澡的緣故，不一定真的生病……」

「所謂的狂犬病，是指被野狗攻擊而感染的疾病？」廖宏翔問。

「狂犬病只是個通稱，會傳播狂犬病病毒的動物包括狗、貓、蝙蝠……等等，還有一些齧齒類動物。」

「什麼是齧齒類動物？」余唯心問。

「上頷和下頷各有兩顆會持續生長的門牙，必須靠啃咬來磨短，這是囓齒類動物的特徵。」
「你是在說老鼠嘛，」何文彬說。
「沒錯，」蕭莉玲說：「土撥鼠、花栗鼠也都是囓齒類，被牠們咬傷就要當心。」
「松鼠呢？」許佳盈怯生生的問。
「松鼠很可愛，」蕭莉玲回答：「但牠也是囓齒類動物。」
啊！許佳盈慘叫一聲，嚇了大家一跳。
「怎麼了？」
「我昨天在公園餵松鼠吃餅乾，牠的爪子好像有抓到我……」
「那你要趕快去醫院檢查。」
「你別緊張，」我趕緊安撫許佳盈：「公園裡的松鼠都很健康，牠們統統都沒有染病……」
可是為時已晚，她沒把我的話聽進去。只見許佳盈臉色慘白，隨

即昏了過去。幸好錢老大反應快，立刻過來把她扛在肩上，隨後衝向保健室。

「我們應該要組一支自衛隊，」宋謙站起來說：「入夜後上街獵捕野貓野狗，不能再讓牠們散播病毒。」

「我贊成，」何文彬說：「算我一份。」

「我加一，」王元霸說。

「這樣也是為民除害吧。」邱政點頭說：「自從上次去夜遊、破解了鬼火之謎之後，我們已經好久沒出征了。」

「我也要出征！」鄭少傑握拳說。

「你們不可以這樣，」我大聲吶喊：「街上的流浪犬、流浪貓都很溫順，你不去招惹牠們，牠們也不會來攻擊你……」

「黃宗一，你要一起來嗎？」邱政慫恿道。

「我沒興趣，」黃宗一冷冰冰的說。

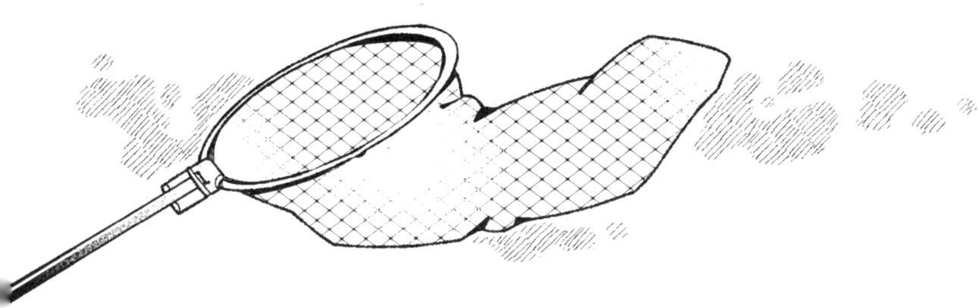

「沒有黃宗一，我們也可以搞定，」宋謙說，他眼裡流露出異樣的光采：「我會帶捕獸網去，到時候見一隻抓一隻！」

「那我帶籠子去，」邱政慷慨激昂的說：「把抓到的野貓野狗統統關在一起，讓牠們互咬互鬥！」

「太帥了！」何文彬說：「讓牠們自相殘殺，這樣可以省我們不少力氣。」

「你們說夠了沒！」

我氣得大叫，伸腳踢倒桌子。碰的一聲，現場突然安靜下來。

「牠們沒染病，也沒攻擊性，我要講幾遍你們才聽得進去！」

教室裡一片靜默。

「游瑞文，你是吃錯藥嗎？」宋謙率先開炮：「口口聲聲說牠們沒病沒攻擊性，你有證據嗎？」

「我沒證據……」

「沒證據你還這麼大聲？」邱政也開了一槍。

「我是沒證據，」我反擊回去：「但我聽得懂牠們在說什麼。」

又是鴉雀無聲。

「你是什麼意思？」余唯心問。

「我聽得懂牠們的語言，」我回答：「我可以跟他們溝通。」

糟糕，我失控了，情急之下竟然把祕密說出來了。

我看著大家，有人哈哈大笑，有人呆若木雞，而我一言既出，後悔也來不及了。

整個早上我都無心上課，中午也沒胃口吃便當。同學們大概都當我是傻子，沒人要理我，我獨自一人站在走廊發呆。

「動物講什麼樣的語言？」

有人在我旁邊講話，害我愣了一下。轉頭一看，是黃宗一。

「你剛說什麼？」

「動物講什麼樣的語言？」他問：「你們怎麼溝通？」

「你是來嘲笑我的嗎？」

「我不嘲笑別人，」他停頓一下：「我只對真相感興趣。」

我想了一下。

「這很難解釋，」我找不到適當的措辭：「你們聽到的是汪汪汪或喵喵叫，但我聽到的是好餓或別煩我。」

「這就好比你的腦袋裝了一顆解碼器，會自動將牠們發出的聲音，轉換成你能理解的語言？」

就是這個意思。真不愧是黃宗一，他打的比方非常貼切。

「你相信嗎？」

「這是有可能的，」他直視我的眼睛說：「有研究指出，寵物跟主人之間會有心電感應。據稱有的主人下班要離開辦公室時，他養在家裡的狗會感應到主人要回來了，因此開心的蹦蹦跳。」

是喔，這麼神奇？我沒養過寵物，不曾有過被等門守候的經驗。通常我碰到的是小動物過來跟我攀談，牠們可能是來求助，或是來告訴我一些訊息。

眼前突然有隻麻雀飛過來，停在我旁邊的欄杆上啾啾叫個不停。

「麻雀在跟你說什麼？」

「牠說在我們正下方一樓的某個地方，有人發出尖叫聲，聽起來非常淒厲……」

「正下方的一樓，」黃宗一捏著下巴說：「那不就是……」

「保健室！許佳盈在那裡！」

錢老大的聲音憑空冒出來，不曉得她過來多久了。只見她拔腿往下跑，我立刻追過去，但隨即被邱政超越。我衝下樓梯，來到保健室門口，眼前的景象把我嚇壞了。許佳盈正縮著身子躲在櫃子旁邊，另一個女生披頭散髮，手裡拿著一支刀子揮來揮去，口中發出不知所云的怪叫聲。我認出她是六年二班的高個兒女生顏寧。

「顏寧怎麼了？」錢老大問：「她不是肚子痛、噁心想吐嗎？怎麼會變成這樣？」

「我哪知道啊，」許佳盈連聲音都在顫抖。

「保健室老師呢？」

「老師說她出去買個東西，然後顏寧就突然發瘋了……」

顏寧朝著錢老大揮刀，卻被她輕巧的閃過。

「把門關上，別讓她跑出去！」我聽令關門。顏寧改為攻擊邱政，但他一溜煙躲到錢老大後面。顏寧的刀子又轉向許佳盈，同時張嘴作勢咬人，錢老大趕快過去救援……

「她變成吸血鬼了！」邱政大叫。

咦，顏寧臉色蒼白，眼睛布滿血絲，牙齒尖尖的，看起來還真有點像吸血鬼。

這時嘎的一聲，門打開了，是坐輪椅的隋雲。隋雲一進保健室，立刻關門關燈。

「窗簾拉起來！」

錢老大迅速拉上窗簾，室內黯淡下來。說也奇怪，顏寧馬上閉嘴站著不動，握刀的手也垂放在身側。

「快搶走刀子，把她壓制在床上。」

隋雲繼續下達指令。這時候的顏寧就像木偶般任人擺布，完全沒有威脅性。

「她不是變成吸血鬼，她是得了狂犬病。」

狂犬病！這麼巧，早上蕭莉玲才提到，中午就出現了患者？

「空氣中有大蒜味，保健室老師的午餐一定加了大蒜，」隋雲說：「狂犬病患者怕光，而且討厭大蒜，在雙重刺激下，她的病情瞬間惡化。」

嘎的一聲，門又打開了，這次進來的是黃宗一。

「她的症狀的確符合狂犬病，」他說：「只不過……」

他掏出手電筒，把光線打在顏寧的手腳皮膚上。觀察片刻後，他拿起桌上的水壺倒了一杯水，走到顏寧面前晃動杯子。顏寧沒反應。

「你在幹嘛？」邱政問。

「喝下去，」黃宗一將杯子遞給邱政。邱政呆呆的接過杯子，把

水喝下去。現場唯一有反應的人是隋雲，她歎了口氣。

「顏寧應該是得了紫質症，不是狂犬病，」黃宗一說：「這兩種病很像，都會腹痛、噁心想吐、懼怕陽光、精神意識錯亂，不過，兩者之間還是有些不同。紫質症患者的身體帶有大量的紫質，發病時尿液曝晒後會轉深，皮膚也容易有龜裂、長水泡等症狀。」

這麼說來，顏寧的手臂上確實有水泡疤痕，倒是沒有動物的咬痕或抓痕。

「此外，狂犬病患者有恐水症，一旦聽到流水聲，看見有人喝水，甚至只要看到水，咽喉的肌肉就會出現痙攣，導致吞嚥與呼吸困難的症狀。」

原來如此，黃宗一剛剛倒了水不喝卻要別人喝，原來是有這層試探的含意。

「什麼是紫質？」錢老大問：「什麼又是紫質症？」

「我們的血液裡含有紅血球，紅血球帶有血紅素，紫質正是合成血紅素的重要成分。一旦身體異常，紫質無法轉化合成血紅素，就會在體內累積，造成病變，也就是紫質症。」黃宗一開始解說：「紫質症相當罕見，原因多半是先天遺傳，最快的檢驗方式是用紫外線驗尿，這時會發現患者的尿液呈紫褐色。」

「為何牙齒會變尖？」邱政問。

「紫質症患者的皮膚容易病變，嘴唇和牙齦可能受損萎縮，相較之下使得牙齒顯得較為尖長，乍看之下會覺得像吸血鬼一樣。」

嘎的一聲，門再度打開，保健室老師終於回來了，她趕緊對顏寧施予急救處理，疑似吸血鬼的風波到此落幕。

返回教室的途中，我聽到隋雲跟黃宗一說：「這次你贏了。」只見科學怪探淡淡一笑，卻往我這邊走過來：

「關於劉孟華失蹤的事，附近的小動物有提供你任何情報嗎？」

「其實有。」

黃宗一如往常般面無表情，但他盯著我看的眼神，讓我聯想到……一頭伺機而動的獅子。一隻麻雀往我們的方向飛來，途中卻掉頭飛走。我突然打了個冷顫……我是可以跟動物溝通，卻始終看不透黃宗一的心思……

狂犬病病毒進入腦部後會大量複製，再透過神經系統抵達唾液腺、角膜、鼻黏膜及各處器官。由於受影響的是神經系統，病人最後會出現發狂錯亂等症狀。一旦發病，致死率 100%！這種疾病過去主要是透過狗傳播，所以稱為狂犬病，但現在寵物主人大多會讓愛犬定期施打疫苗，加上臺灣的防疫工作做得很好，會定期檢測野生動物的狀況，所以其實不必太擔心受到感染。

目前臺灣的狂犬病僅發生在野生動物身上，以鼬獾最多，另有白鼻心、黃鼠狼、食蟹獴等少數個案。如果不幸被疑似患有狂犬病的野生動物咬傷，記得趕快用肥皂水清洗傷口，並快速前往醫院接受治療和注射疫苗。

科學眼 臺灣目前是狂犬病疫區，但只要連續兩年沒有狂犬病病例，就可以從疫區中除名。

破案之鑰

臺灣有狂犬病嗎？

是的，答案是「有」。狂犬病由病毒引起，在世界各地都有病例，每年約有五萬多人因狂犬病而死亡，尤其是非洲、亞洲、拉丁美洲、中東地區。

這種傳染病曾在臺灣絕跡很長一段時間，1959 年後不曾有人感染狂犬病，1961 年後更沒有動物病例，直到 2002 年後，才陸續出現幾個由國外移入的病患，國內也有野生動物被驗出帶有狂犬病病毒。

狂犬病病毒一旦進入體內，會先潛伏在肌細胞當中，然後沿著神經細胞以每小時 3 公釐左右的平均速度上行，漸漸侵入脊髓，再到腦部。也因為如此，傷口離腦部和脊髓愈遠，潛伏期愈長。

嘿嘿！我可是有狂犬病的！
我腿長，狂犬病病毒要爬很久才能抵達我的腦部！
咱們走著瞧！

第十二話 女巫的詛咒

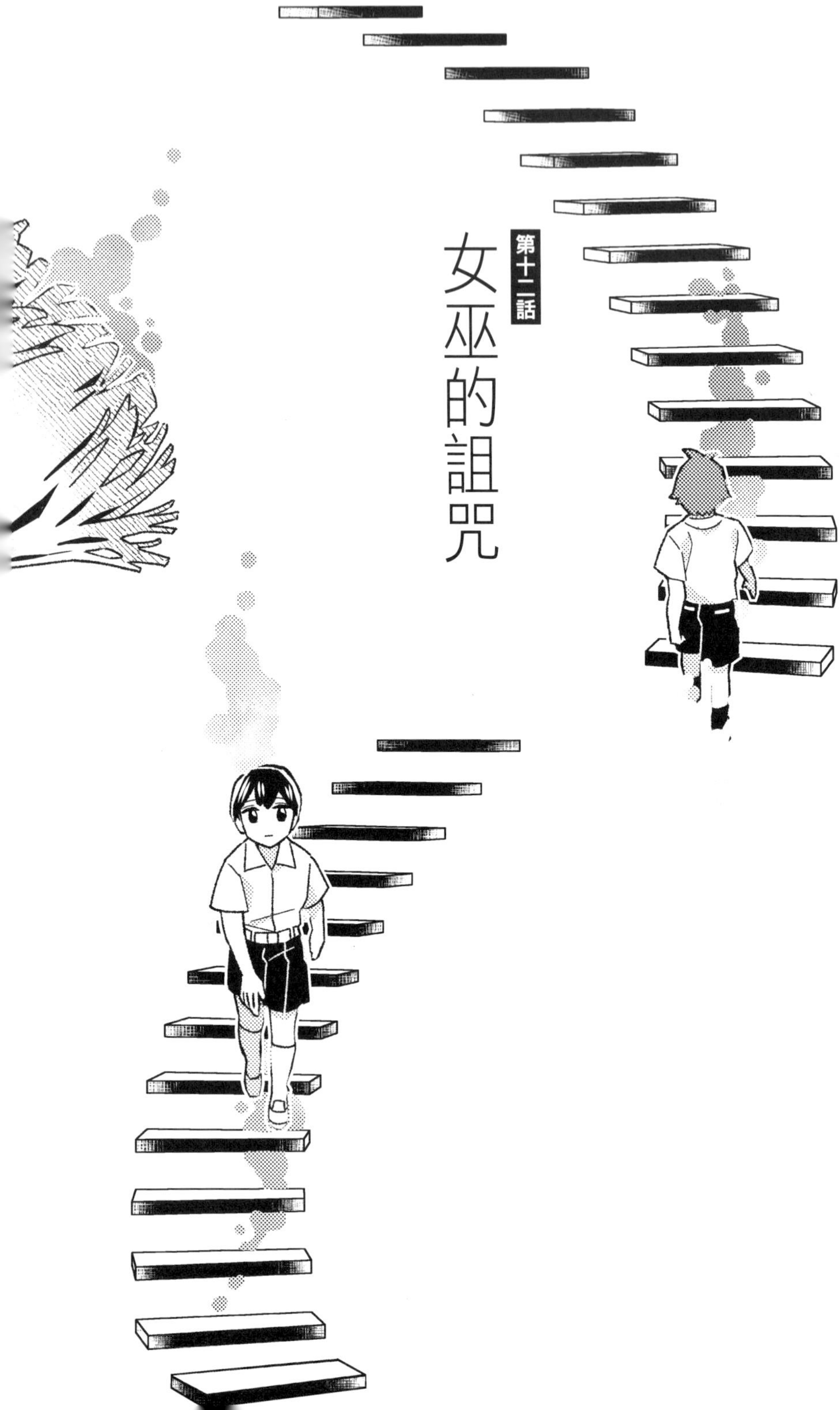

我最討厭的事情，是課後打掃時分配到掃把。如此一來，班上同學就可以理所當然的叫我「女巫」。沒錯，女巫正是我的綽號。

我完全不懂魔法，也不會巫術，之所以落得此名，純粹是因為我媽經營了一間「天命開運館」。忘了是什麼時候哪個人說的：「女巫的女兒當然也是女巫」，於是我就這樣跟「女巫」畫上等號。

其實我媽說，她是命相師，根本不是什麼女巫，但是這個說法並沒安慰到我，反而讓我覺得自己愈來愈孤單……

• • • • •

煎完蛋，煮了一鍋米粉湯，正在桌上排好餐具時，媽媽睡眼惺忪的走進廚房。

「這麼早起床？」我有點驚訝的說。

「今天有客人預約八點鐘，」我媽說：「我得早點起來準備。」

「一大早來算命，會聽到比較好的結果嗎？」

媽媽皺起眉頭。

「我們不是在算命，而是在幫客人找出解決方案，」她邊說邊伸懶腰：「人生在世，難免會遇上難關。算命是死的，幫忙找出路才是活的。」

我默默的在餐盤上放了一顆煎蛋、一碗湯和幾盤小菜，然後端起餐盤。

「我送早餐去二樓給爸吃。」

「小珍……」

我停下腳步，慢慢轉身。

「你爸臥病在床，我的工作時間很長，家裡很多事都靠你幫忙承擔。」她停頓了一下：「雖然別人不一定知道，但我很清楚你是個好孩子。」

「我是好孩子嗎……」我停了一下，提出要求：「媽，可以算一算我的未來嗎？」

媽媽愣了一下，然後舉手掐指一算。

「今天可能是個重要的關卡……」

蛤？什麼重要關卡？

「你講的某句話，可能會對別人造成巨大的影響，也讓你在善與惡之間選邊站……」

「在善與惡之間選邊站，」我重複道：「有這麼嚴重嗎？」

媽媽的表情頓時嚴肅了起來。

「小珍，你要當心說話的力量，不要想到什麼就脫口而出，免得一語成讖。」

「這是什麼意思？」

「總之，有人可能會因為你今天說的一句話，走向迥然不同的結局……」

媽媽一臉正經的表情，不禁讓我一顆心忐忑起來。

• • • • •

「馬玉珍，你喝這什麼鬼東西？」章均亞指著我的馬克杯說：「又黑又稠，看起來好噁。」

「你才噁咧，每天都在裝……」我及時住嘴，差點就把「裝可愛」三個字說出口了。

「我知道啦，」何文彬說：「這是用蜥蜴、蟑螂、蜘蛛和蝙蝠熬煮的湯藥，喝了可以增強黑魔法。」

「蜥蜴、蟑螂、蜘蛛才是你這個……」我把後半句「小偷的好朋友」硬吞下去。

中午休息時間，大夥兒以錢若娟為中心聚在一起吃飯。不知怎麼搞的？平常大家懶得理我，今天卻一直招惹我。

聊你們的天就好了，幹嘛找我碴？要不是我媽早上的告誡，我早就連同他們祖宗十八代一起詛咒！

「馬玉珍，跟你同班多年，只聽過你嗆聲罵人，從來沒看你露過一手，」宋謙說：「你真的是女巫嗎？」

王八蛋！你這個只會躲在王元霸背後的小癟三！沒有王元霸給你撐腰，你連個屁都不敢放！我在心裡把宋謙罵得體無完膚，嘴巴上卻硬是忍住。

「怎麼樣？你可以把惹你生氣的人變成動物嗎？或是可以創造出不存在的幻影？」

我看著宋謙桌上的東西：一個已經吃乾抹盡的便當盒、一支喝光

光的牛奶瓶、一顆剝好殼的白煮蛋、一個印著「可口檳榔」字樣的火柴盒。當下我靈機一動，從筆記本撕下一條紙片，一邊念念有詞一邊用宋謙的火柴盒點燃它，然後將燃燒的紙片丟進牛奶瓶中，再把白煮蛋放在瓶口上。

「你在幹嘛？」

宋謙想要搶回白煮蛋，我一掌拍開他伸出來的手。

說時遲那時快，那顆蛋已經滑入瓶內。咦！現場目睹到這一幕的同學全都目瞪口呆。

「白煮蛋明明比瓶口大，怎麼會

掉進去？你是怎麼變的？」章均亞問。

「那張紙是你加持過的符咒，對吧？」何文彬雙手合十：「給我幾張，拜託！」

王元霸和錢若娟互看一眼，他們倆也愣住了。

哈哈，不敢相信自己的眼睛吧？知道我的厲害了吧？

「算我服了你，」宋謙說：「把蛋拿出來。

「要吃蛋，只能將玻璃瓶打破。」

「那怎麼行？我可不想吃到玻璃碎片！」

我搖搖頭，雙手一攤。背後突然響起毫無抑揚頓挫的聲音，不用轉身也知道是黃宗一。

「你只知其一，卻不知其二。」他一邊說，一邊拿了卓伯康的大碗，再借了姚夢萱的保溫瓶，往碗內倒了半滿的熱水，然後將廖宏翔的毛巾浸泡在碗中。

我不曉得黃宗一要做什麼，但他的動作像魔術師一樣俐落，而周遭同學就像幫忙遞道具的助手。接著，他把牛奶瓶顛倒舉高，瓶底朝上，讓白煮蛋堵住瓶口，接著抓起熱毛巾包住瓶身。

「你這是要……」黃宗一沒讓章均亞講完，他伸出食指放在嘴唇上，比了一個安靜的手勢。

在一片靜默中，白煮蛋憑空掉了下來，被黃宗一伸手接住。他將所有道具物歸原主，宋謙呆呆的看著牛奶瓶和白煮蛋，猶如看到不可置信的奇蹟。

「你這招叫做『隔空取物』，」何文彬大叫：「教我，拜託！」

「這沒什麼，」黃宗一盯著我說，彷彿看穿我根本是不明就裡：「只不過是運用空氣熱脹冷縮的原理來操作的把戲。」

「為何將燃燒的紙片丟入瓶內？」錢若娟問。

「紙片在瓶內燃燒，使得氣體受熱膨脹，有一部分的熱空氣會從瓶口溢出，」黃宗一回答：「這時候將白煮蛋放在瓶口上，瓶內立即成為密閉狀態。當火勢熄滅，瓶子會冷卻下來，瓶裡的空氣體積收縮，導致瓶內的氣壓下降，小於瓶外正常的大氣壓力，結果就把堵在瓶口的蛋壓進瓶內了。」

「把蛋吐出來又是怎麼辦到的？」王元霸問。

「反向操作，」黃宗一說：「同樣的道理，要讓蛋滑出口徑較小的瓶子，需要施力。幫瓶子加溫，當瓶內的空氣受熱膨脹，會使瓶內的氣壓變大，把塞在瓶口內側的白煮蛋擠到瓶外。」

原來如此，黃宗一的解釋大致上我有聽懂。其他同學轉身看我，而且直盯著我瞧。

「好啦好啦，我是不懂什麼熱脹冷縮的科學原理，」我雙手環抱胸前：「但我可沒說我用了黑魔法，這招是我爸教我的。」

這時，游瑞文突然從人群中站出來。

「班長失蹤前一天，是不是跟你講過話？」他問。

「你要幹嘛？誣陷我跟劉孟華的失蹤案有關嗎？」我感覺肚子裡有一把火往上竄：「跟他講過話就有罪？你們誰沒跟他講過話？」

「我得到的線報說，班長在校外跟一個女生講話……」

「女生？什麼鬼！全校只有我一個女生嗎？」

「線報說是一個高個子的女生……」

「高個子的女生？」我啐道：「錢若娟也很高啊，玉茹老師也不矮吧！」

「線報說那個人是學生，重點是她非常高，而且瘦得像竹竿。」

瘦得像竹竿？哼！難怪將矛頭指向我。

「你的線報該不會是天上飛的、地上跑的吧？」我瞥見游瑞文瞄了黃宗一一眼：「好吧，我承認，劉孟華失蹤的前一天，我跟他在校門口外面那間文具店講過話。」

「你們談了些什麼？」錢若娟問。

「他問我打工的事……」

「你才十二歲可以打工？」邱政說：「這是不合法的吧？」

「關你什麼事，」我強壓怒氣：「我只是利用晚餐前一個鐘頭，拿著一袋宣傳單挨家挨戶的塞信箱。」

「為什麼不告訴我們？」錢若娟逼問：「你和班長的對話，說不定隱藏了某些線索。」

我聳了聳肩膀：「我看不出有什麼線索可言。」

「班長可能去詢問過打工的機會，」錢若娟做出推論：「這條線索值得一查。」

「拜託，你想太多了吧，」我不禁翻白眼：「就算他去過那個發報攤，隔天還是有來學校上課啊，別忘了他是在校內失去蹤影。」

「總之，我們要去你說的那個發報攤打聽消息，」錢若娟以不容分說的口氣下指令：「今天放學後你就帶我們去！」

蛤？當我是整天沒事幹的閒人？什麼鬼！你當劉孟華是寶，我可沒有，我哪來的閒工夫陪你們玩偵探遊戲！

「黃宗一，你會跟我們一起去吧？」錢若娟露出期待的表情。

「我不去，」黃宗一冷冷的說：「尋找劉孟華的下落，並非我的分內工作。」

大家全都一臉驚訝，錢若娟也一時語塞。

黃宗一自顧自的轉身走開，這時有個清脆的聲音響起。

「我跟你們去。」打破沉默的是隋雲。

什麼鬼！這兩個人是在唱哪齣戲？一定要這樣互別苗頭嗎？

錢若娟露出笑容，原本雙眼呆滯的宋謙突然動了起來。

「我的蛋怎麼不見了！」他叫道。

「何文彬趁你失神發呆的時候拿走了，」章均亞說。

「何文彬你這個小偷，」宋謙起身大罵：「還我蛋來！」

「我沒拿你的蛋啊，」何文彬笑咪咪的說：「難道你的蛋沒在你身上？」他拔腿往外衝，宋謙立刻追出去。

哼，蠢斃了！男生怎麼都這樣低級無聊！

・・・・・

放學後，儘管百般不願意，我還是帶路去發報攤，就當作是聽我媽的勸，今天姑且與人為善吧。

那個發報攤位於巷弄內，走出巷口就是大馬路，距離學校不算遠，步行十來分鐘就到了。我通常是每週二、四的傍晚五點去那裡領取傳單，今天是星期三，不曉得發報攤是否營運，只好去了再說。

「我媽有個朋友很想要小孩，但生不出來，」何文彬邊走邊說。

不知道這人是來幹嘛的。我們一行五個人當中，錢若娟是發起人，張旋是她的跟班，我是被迫帶路，而坐輪椅的隋雲——雖然我很懷疑她能幫什麼忙，不過至少她自願伸出援手。至於何文彬，他硬是要跟來，大概是想湊熱鬧吧。

「我媽說啊，像我們這樣的小孩市場很大，」他繼續說：「有人生不出來會乾脆用買的，花錢來過過為人父母的癮，所以會有人口販子來綁架小孩。」

「你放心，他們不會來綁架你的，」我說：「那些想當爸媽的夫妻，一看到你就會當場反悔退貨，連訂金都可以不要！」

「聽你在……」何文彬敢怒不敢言，大概是怕我對他施展巫術：「至少在人體器官移植市場上，像我這樣的健康寶寶，絕對比弱不禁風的劉孟華值錢。」

「不要再說了！」錢若娟激動的說：「這種事不會發生在劉孟華

身上！」

她憤慨的態度叫何文彬閉嘴不敢多言。大夥兒靜靜的過了兩個紅綠燈、走了一段路。

「那隻黑貓幹嘛一直跟著你？」錢若娟突然問。

我哪知道啊？牠在前一個路口跟了上來，我怎麼樣也擺脫不了。

「可惜游瑞文沒來，不然可以問這隻貓為何緊跟著我。」

錢若娟盯著我看了一會兒。

「該不會是你討厭某人，把他變成了這隻貓吧？」

「你就這麼相信我是有魔法的女巫？」

「我相不相信不重要，重點是大家都這麼認為。」

「第一個稱呼馬玉珍是女巫的人，」張旋突然對錢若娟說：「其實是你。」

「我？」錢若娟似乎頗感意外：「什麼時候的事？」

「小二的時候，」張旋回答：「你說，『女巫生的女兒也是女巫』，後來大家就傳開了。」

就是你！難怪我們老是處不好，原來你一直衝著我來！

「是我又怎樣？」錢若娟理直氣壯的說：「女巫有兩種，一種是矮胖的好女巫，另一種是高瘦的壞女巫。你覺得你是哪一種？」

可惡！拐彎罵我是壞女巫，我又沒害到誰。

這口氣我實在忍不下去！

「既然我是壞女巫，那我詛咒

你……」我遲疑了一下，腦袋裡閃出某個念頭。

「既然你這麼在乎班長，那我詛咒你用張旋換回劉孟華！」

話一出口，我就愣住了。這算哪門子詛咒？張旋和錢若娟也面面相覷，不知如何回應。

「應該到了吧？」隋雲插嘴問。

我回過神來，四處張望，確實是這一區沒錯，有著熟悉的巷道與店面，可是發報攤在哪裡？

我邊走邊看，藥房、家具行、麵包店、騎樓……等一下，騎樓裡的那個樓梯間看起來怪怪的。我們隔著巷子往樓梯間的方向看，正前方的樓梯間中央有一堵牆，牆的左右兩側各有一座階梯。

這時候剛好有位先生沿著人行道走過來，在樓梯間停步，轉身跨上牆右側的階梯往上爬，然後消失在階梯盡頭……不過幾秒鐘後，這位先生居然出現在牆左側的階梯上，正從地下往上走，到一樓後再登上右側階梯往上爬，接著又從左側階梯現身往上走，就這樣形成無限循環。最後他停在一樓，沿著人行道往左邊漸行漸遠。

我到底看到了什麼？是眼花嗎？明明已經登上二樓，怎麼又從地下室冒出來？

「見鬼了！」何文彬一溜煙跑掉了。這傢伙果然是膽小鬼，但我們其他人也沒好到哪裡去。錢若娟和張旋渾身動彈不得，而我是背脊感到一股惡寒竄起。此時打破魔咒的人是隋雲。

「不要相信自己的眼睛，」她淡定的說。

不相信眼睛，那要相信什麼？不是說眼見為憑？

錢若娟這時剛好轉身，拿著手機對我說：「黃宗一說，不能相信自己的眼睛！」這麼巧，隋雲和黃宗一他們倆的說法只差一字。可是，不相信眼睛，然後呢？

這時率先採取行動的依舊是隋雲。她推著輪椅往前進。

別鬧了，輪椅是上不了樓梯的……

我以為會看到隋雲連同輪椅摔下來，沒想到輪椅順利上了樓、轉彎消失。片刻之後，隋雲從另一側的階梯浮上來。她看起來臉不紅氣不喘，絲毫不費什麼力氣。這究竟是怎麼回事？

「假的，」她回到我們面前說：「就像幻影一樣，都是假的。」

幻影？既然是幻影，那我一定要拆穿它。

我迎向前去，往階梯跨上腳步……咦，這一步踏得很不真實，彷彿是一腳踩空……這下子我懂了，階梯是假的，它是畫在地上的假樓梯，隔牆的另一道階梯也是地上的彩畫。

我才回到眾人身邊，錢若娟立刻飛奔向前，踏上繪製的迴旋樓梯。細看之下，其實破綻不少，但乍看下還滿唬人的。

「階梯和牆上的扶手都是假的，」她一回來，就興奮的說：「牆的兩側根本只是平面地板，但繪者故意把階梯愈畫愈窄、把扶手愈畫愈斜，並利用大小、遠近和角度的變化，騙我們的眼睛，讓我們以為看到的是3D立體樓梯。」

「沒錯，」我說：「這是視覺上的錯覺。」

「張旋怎麼還不回來？」隋雲突然問。

「他在我後面走樓梯的啊，」錢若娟表情一僵，轉身重回騎樓，我也跟了上去。就在中央那堵牆的後面，有人俯身躺在地板上。

「張旋，你怎麼倒在地上？」錢若娟扶起那人，卻當場呆住。連我也是呆若木雞。因為躺在地上的人並非張旋，而是劉孟華！錢若娟試圖喚醒劉孟華，對方卻依然昏迷不醒。

「都是你害的！」她氣沖沖的對我說：「你害張旋不見了！」

是我害的？我啞口無言，腦袋裡一片混亂。

我東張西望，這裡空間並不大，躲不了什麼人，但眼前偏偏就是不見張旋，卻憑空冒出劉孟華。

「都是你害的！因為你詛咒他！」

錢若娟惡毒的眼神令我心裡發毛。

是我害的？是我詛咒他？我突然想起我媽早上說的：「你要當心說話的力量，不要想到什麼就脫口而出，免得一語成讖。」

難道我媽的預言成真了？就因為我的一句話，害張旋神祕失蹤？

這麼說來，我真的是壞女巫？

……第二部完結……

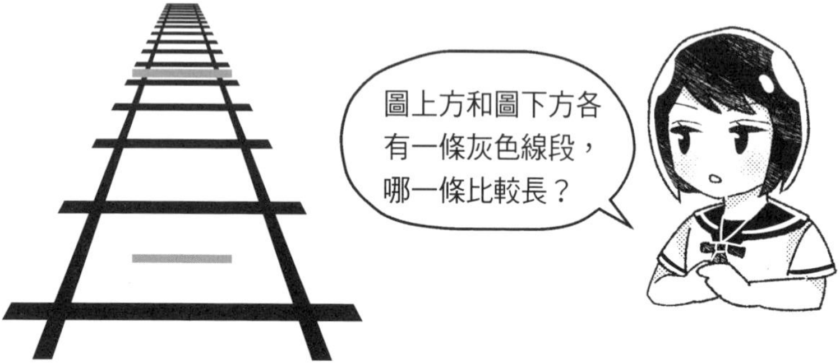
圖上方和圖下方各
有一條灰色線段，
哪一條比較長？

從上面的實驗中可清楚看到，大腦在處理訊息時，並非以單一物件進行判斷，而會受到周遭訊息的影響，例如棋盤方格上的 B 位在圓柱的陰影中，所以大腦判斷它的色澤比較淺；看似鐵軌的線條營造出前後景的差異，使得圖下方的灰色線段看起來比較短。

寫實的繪畫，正是利用光影、大小比例、色彩變化，營造出真實的視覺感，讓 2D 的平面畫作可以呈現出 3D 的立體效果。有些現代藝術家利用這樣的原理，在街頭創作大片的立體地畫，有的像是地上破了一個大洞，有流水瀑布，甚至有獅子在街頭行走，這種街頭藝術稱為 3D 立體地畫。很有趣，也可說是一種視覺騙術！

科學眼 把立體空間的相對位置表現在平面的方法，就是繪畫上所說的透視。

破案之鑰

眼睛也會有錯覺嗎？

沒錯，這就叫「視錯覺」。

我們能看到是因為光線進入眼睛，但視覺還跟大腦有密切的關係（參考第二集第 108 頁），因此會產生一些有趣的現象，有時也會讓我們受騙。換句話說，你看到的，不一定是真的！

想知道 A 或 B 的顏色哪個比較深，必須排除方塊周圍的圖像才能找出答案。試著拿一張紙，剪一個比方格小的洞，把 A 周圍的圖像遮住，再把 B 周圍的圖像遮住，就能知道哪一塊的顏色比較深！或直接把圖像影印下來，把 A 和 B 剪下做比較。

再看看右頁上方的圖，若想知道圖裡的真相，請拿出尺來測量，才不會受圖像的影響。

勇於喜歡，勇於體驗

翁裕庭

某天，一個認識多年的朋友突然對我說：「你喜歡一件事情時，表現出來的態度跟別人不太一樣。」

咦？這是什麼意思？

為了解開我的疑惑，這位老友補充說明：「喜歡到某個程度時，你會從局外人變成局內人。」

喔，這我就有點懂了。

舉例來說，我在青少年時期迷上西洋音樂，每天戴著耳機狂聽搖滾樂，聽到後來開始手癢，覺得一定要親身體驗撥彈吉他弦的快感才行，於是我弄來一把電吉他，每天練它幾個鐘頭，然後神奇的情況發生了，我遇上幾個志同道合的朋友，開始組樂隊、玩搖滾樂。

真是太酷了！不只是聽覺，我全身細胞都感受到狂飆搖滾樂的酷！

另一個例子是網球。我超愛看網球比賽，特別是「瑞士球王」羅傑．費德勒的賽事。觀看多年後，有一天我心血來潮，決定去買一支球拍和一筒球，每天去球場和牆壁對打，設法模仿費德勒的揮拍動作，然後找球友上場拉球，到後來，還找了教練幫忙修正基本動作。如今走進網球場，我已經可以打出流暢又有節奏感的好球！

再來一個例子，那就是閱讀。我從小喜歡看書，尤其愛看推理小說。多年來，我讀過的推理小說絕對有上千本，而每次閱讀，總是要跟作者較勁，企圖早一步看穿兇手（其實是作者）的詭計。想當然耳，我又手癢了，所以我的下一步是……

看到這裡，相信各位應該猜得出來吧？沒錯，我也想試著自己來寫小說。不過，從「想要寫」到「真的寫出來」之間有一大段距離，而距離的長短，和才華與毅力有關。以我自己來說，枯坐在電腦前面寫不出東西是常態，隔天把前一天寫的文字內容全部刪除更是常態。沮喪氣餒時老是想要放棄不寫了，但是一想到小說能帶領讀者前往不同凡響的異世界，只好硬著頭皮繼續苦撐，直到靈感浮現。

・・・・・

在《少年一推理事件簿》的六年一班同學當中，有些人隱隱約約知道自己想要做什麼，但大部分同學都不曉得自己喜歡什麼。其實這很正常。人生下來，起初都是渾渾噩噩一概不知，然後逐漸明白自己是什麼樣的人、又喜歡什麼。也就是說，如果有朝一日，你心裡出現了「喜歡」的感覺，那要恭喜你了，這很可能是你人生的一大契機。

所謂喜歡，就是因為欣賞而被吸引，所以當然要去了解並加以體驗，說不定你喜歡的事物與你的個性相投，很適合成為你未來的志向。就算不適合也沒關係，因了解而分手也是一種常態。誰說喜歡一件事或一個人，就一定要長相廝守？不搭軋或不來電也無妨，或許下一個會更好。就好比我吧，我沒有變成另一個五月天，也沒有成為網球選手、掙得職業積分，但我把《少年一推理事件簿》寫出來了，至少我的喜歡，讓我成就了一件事。

那麼，有請各位對於喜歡的事物，表現出勇於體驗的態度吧！

步烏&米巡

大……大魔王!?
編輯統整需要繪製的插圖後，
PDF
我們開始構思草稿。
通常這會花上幾天的時間，草稿也會來回修改兩三次。
直到第四集，
牆的左右兩側各有一座階梯
也就是這本書的第n頁插圖……
我們和編輯遇上了……
大魔王!!
樓梯好像是這樣……
應該是這樣才正確？
透視跟空間的感覺不對！
要跟真的樓梯一樣嗎？
不要相信你的眼睛!!
我們用3D改改看……
加油加油，快完成了！
經過多次討論、修正跟打氣……
這張圖終於完成了！

換裝測驗

平常的服裝，
一定要對稱。
休閒服裝，
也要對稱。
只要對稱，
什麼都好。
喂，別學我！
不對稱，
什麼都不好。

試著想像了
長大後的隋雲！

少年一推理事件簿 4 是誰在說話？・下

作者／翁裕庭
繪者／步烏＆米巡
破案之鑰／陳雅茜

出版六部總編輯暨責任編輯／陳雅茜
美術主編暨版面設計／趙瑷
特約行銷企劃／張家綺

發行人／王榮文
出版發行／遠流出版事業股份有限公司
地址：臺北市中山北路一段 11 號 13 樓
電話：02-2571-0297　傳真：02-2571-0197　郵撥：0189456-1
遠流博識網：www.ylib.com　電子信箱：ylib@ylib.com
著作權顧問／蕭雄淋律師

ISBN ／ 978-957-32-9528-0
2022 年 6 月 1 日初版

定價・新臺幣 280 元

國家圖書館出版品預行編目 (CIP) 資料

少年一推理事件簿 . 4, 是誰在說話？. 下 / 翁裕庭作；步烏 , 米巡繪 . -- 初版 . -- 臺北市：遠流出版事業股份有限公司 , 2022.06　面；　公分
ISBN 978-957-32-9528-0 (平裝)
863.59　　111004791